U0755145

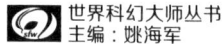

世界科幻大师丛书
主编：姚海军

太阳系
大乐透

菲利普·迪克 著　魏春予 译

四川科学技术出版社

SOLAR LOTTERY
Copyright © 1955, Philip K. Dick
Copyright renewed © 1983, Laura Coelho, Christopher Dick and Isa Dick
Simplified Chinese edition copyright：2018 SCIENCE FICTION WORLD
All rights reserved.

图书在版编目（CIP）数据

太阳系大乐透 / [美]菲利普·迪克著；魏春予 译.
-- 成都：四川科学技术出版社, 2019.3
（世界科幻大师丛书 / 姚海军 主编）

ISBN 978-7-5364-9399-5

Ⅰ. ①太… Ⅱ. ①菲… ②魏… Ⅲ. ①科学幻想小说
– 美国 – 现代 Ⅳ. ①I712.45

中国版本图书馆 CIP 数据核字（2019）第 041021 号
图进字 21-2019-083 号

世界科幻大师丛书
太阳系大乐透

出 品 人　钱丹凝
丛书主编　姚海军
著　　者　[美]菲利普·迪克
译　　者　魏春予
责任编辑　宋 齐　姚海军
特邀编辑　魏映雪
封面绘画　李 凯
封面设计　施 洋
版面设计　施 洋
责任出版　欧晓春
出　　版　四川科学技术出版社
　　　　　四川省成都市槐树街2号出版大厦　邮政编码：610031
开　　本　140mm×203mm
印　　张　8.5
字　　数　140千
插　　页　2
印　　刷　四川华龙印务有限公司
版　　次　2019年3月成都第一版
印　　次　2019年3月成都第一次印刷
定　　价　32.00元
ISBN 978-7-5364-9399-5

■ **版权所有·翻印必究** ■

■本书如有缺页、破损、装订错误，请寄回印刷厂调换。
厂址：成都市郫都区成都现代工业港北片区港东1路551号　邮编：611730

菲利普·迪克

Philip K. Dick

1928-1982

1

厄运来临前都是有预兆的。2203 年 5 月初,一群白乌鸦[①]从瑞典上空飞过,引得新闻机器[②]竞相报道;飞鸟-弦琴财团是整个星系的基础工业中心,却被几场莫名其妙的大火毁了近半;几颗圆形的小石头坠落在火星劳工营的设施附近;近日,在九星联合会总局所在地巴达维亚[③],一头双头泽西小牛出生了:这明显预示着某件令人难以置信的事情正在悄悄酝酿。

人人都用自己的逻辑来解释这些现象。茶余饭后,人们热衷于揣测大自然莫测的力量到底意欲何为,并以此为消遣。人人都在猜测、研究、争论着那个瓶子——那个建立在概率上的社

① 在英文中,也指罕见的事物。(本书的脚注如无特殊说明,皆为译注。)

② 小说设定中,未来的新闻行业通用的挖掘新闻、报道新闻的机器。

③ 巴达维亚即今日的雅加达。又名椰城,是印度尼西亚最大的城市和首都,位于爪哇岛的西北海岸,东南亚第一大城市,世界著名的海港。

会运作工具。总局的预言家几周前就被预约满了。

对某些人来说,这不过是预兆;对另一些人来说,这就是切身相关的大事了。

面对公司遭遇的小小不幸,飞鸟-弦琴财团的第一反应是把它转化成了旗下一半的评级员工①的灭顶之灾。效忠誓言作废,大批训练有素的研究型技术人员被扫地出门。丢了职务的他们漂泊无依,进一步预示着整个星系正在接近那个重要的时刻。大多数被抛弃的技术人员苦苦地挣扎,接着放弃努力,消失在人海中,与未评级的人别无二致。但不是所有人都这样。

一看到解雇通知,泰德·本特利就将其一把从董事会手里拽了过来。他沿着走廊走向自己的办公室,默默地把通知撕成碎片,扔进了垃圾槽里。对于解雇,他反应激烈,态度强硬,当机立断。但他的反应与周围人有一个很大的不同:他很庆幸自己的效忠誓言被废除了。十三年来,他一直努力尝试用各种法律手段与飞鸟-弦琴财团解除合约。

回到办公室,他锁上门,关掉了自己的操作屏——它出产于跨星球可视化工业集团的。他的大脑快速运转,只花了一个小时就制订好了自己的行动计划。这个计划非常简单。

---

① 在小说设定中,这是一个只有获得了评级,才能获得一定地位的社会。

　　中午,"飞鸟-弦琴"的外包工部门退回了他的权力卡。这是由上而下解除合约的必要程序。时隔这么多年再次看到这张卡,他有一种奇怪的感觉。他站在那儿,拿着这卡愣了好一会儿,才小心翼翼地放进钱包里。这张卡代表着他有六十亿分之一的大乐透中奖机会。瓶子随机一动,就有可能把他送上级别最高的位置,尽管这可能性微乎其微。从政治权利上来说,他已经回到三十三年前,回到了他刚出生时,权力卡的初始编码状态。

　　两点半,他斩断了自己和"飞鸟-弦琴"最后一些人的忠诚联系;这些人级别也不高,大部分都是他的保护人。当然对另一些人来说,他们则是仆役①。到了四点,他收拾好自己随身的东西,按紧急标准(在快速交接的过程中,遗漏的可能性很高)进行了清理,并购买了公共交通系统一等票。夜幕还没降临,他已经踏上了离开欧洲的路途,直接前往印度尼西亚帝国和它的国会大厦。

　　在巴达维亚,他在寄宿公寓租了个便宜的房间,打开了自己的行李箱。他的其他财物还扔在法国。如果计划成功,他稍后就能拿回剩下的东西。如果计划失败,那它们就无关紧要了。巧的是,他的房间正对着总局的主楼。人群像焦急的热带苍蝇

_____

① 小说的设定。

似的在大楼的各个出入口进进出出。条条大路和架架航天飞机都通向巴达维亚。

他的资金并不充足，不能停留太久，必须马上行动。他从公共信息图书馆抱回来一堆磁带和一台只有基本功能的扫描仪。随着日子一天天过去，他建立起自己的信息库，收集了与生物化学各个阶段相关的信息。在这个学科里，他获得了自己的最初评级。他快速扫描、死记硬背，始终牢记一个残酷的现实：他只有一次向测评主持效忠、发下职位效忠誓言的机会；如果第一次尝试失败，他就完了。

第一次尝试很重要。他已经离开了飞鸟-弦琴财团，再也不会回去了。

在接下来的五天里，他抽了无数根烟，烦躁地在房间里不停地走来走去，终于翻出了伊普维克黄页目录的黄色部分，寻找当地的床伴服务机构的电话。他最喜欢的机构在附近有个办公室。他心怀感激地打了个电话，不到一小时，他的大部分心理问题都迎刃而解。在床伴机构送来的苗条金发女郎和街尾灯红酒绿的鸡尾酒酒吧的环绕下，他又能再苟活二十四小时。不过他也只能再拖上这么久了。行动的时候要到了——机不可失，失不再来。

那天早上他一起床，一阵寒意瞬间席卷了全身。测评主持韦里克的招聘融入了极大极小值算法①的基本原则:显然,职位誓言是随机分发的。本特利用了整整六天都摸索不出任何固定模式。根本不可能推断出什么条件能确保申请成功——如果真的有的话。他汗流浃背,只好迅速地冲个澡,但很快又满身大汗了。尽管他死记硬背了好几天,却依然一无所获。他只能瞎撞运气了。他刮干净胡子,穿上正装,给洛瑞付了工资,然后把她送回了床伴机构。

孤独和恐惧深深地打击了他。他退了房,寄存了行李箱。为保险起见,他又给自己买了一个护身符。在公共厕所里,他把护身符扣进了衬衫里,朝苯巴比妥②售卖机扔了一角钱。镇静剂让他稍稍地平静了一点儿。他走出去,拦了一辆机器人出租车。

"总局大楼。"他告诉司机,"开慢点。"

"好的,先生或女士。"麦克米伦机器人回答,"悉听尊便。"麦克米伦的识别技术还有待完善。

温暖的春日气息从车顶拂过,涌进车里。本特利无心享受

---

① 一种找出失败的最大可能性中的最小值的算法(即最小化对手的最大得益),通常以递归形式来实现。它经常运用于游戏博弈领域,玩家a选择令自己获益最大的一步,玩家b则会选择使a获益最小的一步,直到游戏结束。这种算法也被广泛应用于人工智能领域。文中的意思是,加入了这种算法的职位誓言分发,难以寻找到赢得博弈的模式。

② 镇静剂。

美景;他的眼睛死死地盯着前方建筑物越发清晰的轮廓。在投递书面文件前的那个晚上,他等待着,瞅准时机,递交文件。现在,文件应该已经经过总局数不胜数的工作人员,出现在第一检查员的桌子上了。

"您已到达目的地,先生或女士。"机器人出租车慢下来,好不容易停住了。本特利付了钱,走出了打开的门。

人们行色匆匆。空气中充满了兴奋不已的嗡嗡声。过去几周的紧张情绪不断地发酵,现在已经到了狂热的地步。小商贩们正在兜售"预测方法",低价出售破解极大极小值算法的方法,百分之百准确预测转瓶结果。忙碌的人群直接忽视了小贩。如果有人真的掌握货真价实的预测方法,他一定会好好利用,而不是随意出售。

本特利在步行主干道上停下来,点了一支烟。他的手没抖,至少抖得不算厉害。他把公文包胡乱塞在胳膊下,手插进口袋里,缓缓地向处理大厅走去。他穿过厚重的安检拱门,走了进去。到下个月的这个时候,他或许已经宣誓效忠总局了……他满怀希望地盯着拱门,摸了摸衬衫里的那个护身符。

"泰德,"一个声音传来,声音不大,但很焦急,"等等。"

他停了下来。洛瑞穿过拥挤的人群朝他迅速走来,胸前春光无限。"我有东西给你。"她气喘吁吁地说,"我就知道在这能找到你。"

"什么东西?"本特利急切地问道。他知道总局的探心军团就在附近;他可不太愿意让自己脑子里的私密想法落入八十名无聊的心灵感应人手中。

"这里。"洛瑞伸手绕过他的脖子,在后面扣上了什么东西。路人咧嘴露出同情的笑容,又是一个护身符。

本特利审视着这个护身符。它看起来挺贵的。"你觉得这能助我一臂之力?"他问她。再次遇到洛瑞可不是他计划的一部分。

"但愿如此。"她轻轻地碰了碰他的手臂,"谢谢你对我这么好。我还没来得及告诉你,你就把我赶走了。"她哀怨地踱着步,"你认为你的把握大吗?呃,如果你被选中了,你可能会留在巴达维亚。"

本特利恼怒地回答:"你站在这儿的时候,心思被人一览无遗。韦里克将他们安插得无处不在。"

"我不介意,"洛瑞伤感地说,"一个陪床女没什么可隐瞒的。"

本特利并不觉得这句话好笑。"可我不喜欢,我这一生从来没被人探过心。"他耸耸肩,"但是,如果我要一直留在这里,就得习惯这码事。"

他走向中央办公桌,准备好自己的ID和权力卡。队伍迅速移动。过了一会儿,麦克米伦机器人官员接过他的卡片,吞进肚子,然后不耐烦地对他说:"好了,泰德·本特利,你现在可以进去了。"

"嗯,"洛瑞婉转地说,"我猜我还会再见到你的,如果你能留在这里……"

本特利掏出香烟,转向内部办公室的入口。"我会再找你的。"他几乎没怎么看这个女孩便低声说道。他推开了一排排等候的人,把公文包紧紧地抱在身前,迅速地从门口走了进去。在他身后,门快速关上了。

他走进门:一切开始了。

门边站着一个小个子中年男人,戴着金属框眼镜,留着上了蜡的小胡子。这人正专心地看着他,"你是本特利,对吗?"

"没错,"本特利回答,"我是来找测评主持韦里克的。"

"找他干什么?"

"我正在找一个8-8级的职位。"

一个女孩突然闯入办公室。她直接忽略了本特利,急匆匆地说:"完了,一切都完了。"她揉了揉自己的太阳穴,"看?现在你满意了吗?"

"别怪我,"小个子说,"这是法律。"

"法律!"女孩坐上桌子,耸了耸肩,把在眼前纠结成一团的深红色头发甩到后面。她从桌上抓起一包香烟,点烟的手指因为紧张而颤抖,"我们离开这个鬼地方吧,彼得。这儿剩下的东西,没什么重要的了。"

"你知道我得留下来。"小个子说。

"愚蠢!"女孩半侧身子,才第一次注意到本特利,她的绿色眼睛里闪烁着惊喜和兴趣,"你是谁啊?"

"要不你下次再来吧。"小个子对本特利说,"这实在不是……"

"我大老远来这么一趟不是为了跟你们兜圈子的,"本特利嘶哑地说,"韦里克人呢?"

那女孩好奇地看着他,"你想找里斯? 你卖什么的?"

"我是一个生物化学家,"本特利粗声粗气地回答道,"我正在找一个8-8级的职位。"

女孩的红唇微翘,略带笑意。"这样啊? 有意思……"她耸了耸裸露在外的肩膀,"让他宣誓吧,彼得。"

小个子男人犹豫了一下。他勉强地伸出了手。"我是彼得·威克曼。"他对本特利说,"这女孩是埃莉诺·史蒂文斯,她是韦里克的私人秘书。"

这和本特利所期望的不大一样。他们三人相互打量着,房间里只有沉默。

"麦克米伦把他送进来的。"过了一会儿,威克曼说道,"确实在公开招聘8-8级的人。可我觉得,韦里克不需要生物化学家。他身边已经够多了。"

"你知道什么?"埃莉诺·史蒂文斯回道,"这不关你的事,你又不是管人事的。"

"我是在凭常识判断。"威克曼刻意地挪到了女孩和本特利之间。"对不起,"他对本特利说,"你在这儿纯粹就是浪费时间,去财团招聘办公室吧。他们总是买卖生物化学家。"

"我知道,"本特利说,"我从十六岁开始就在为财团工作。"

"那你现在在这儿想得到什么?"埃莉诺问道。

"飞鸟-弦琴财团把我解雇了。"

"那就去宋氏财团。"

"我不会再为财团工作了!"本特利的嗓门突然拔高,十分刺耳,"我受够财团了。"

"为什么?"威克曼问道。

本特利气愤地哼了一声,"财团太腐败了,整个系统都在腐坏。就等着谁出价最高收了整个公司……竞标已经开始了。"

威克曼沉思了一会儿,"我看不出来这对你有什么影响。你要工作,这才是你该考虑的问题。"

"我的时间、技能和忠诚,让我拿到了钱。"本特利赞同道,

"我享有一间干净的白色实验室,我使用的设备价值昂贵,其价格要比我一辈子赚的钱都多。我有社会地位、保险和来自各方面的保护,但是我不知道所做的工作的最终结果是什么,也不知道它最终用来干吗。我想知道它到底用在何处。"

"用在何处?"埃莉诺问。

"毫无用处! 对人没有任何帮助。"

"它应该对谁有帮助?"

本特利绞尽脑汁地回答:"我不知道。它应该在某个地方,对某个人有用。你难道不想你的工作能派上点儿用场吗? 我已经尽力去忍受弥漫在'飞鸟-弦琴'上空的那种气味了。财团应该是单独的、独立的经济单位;而实际上,他们只是在装货、虚报开支,还有伪造纳税申报表。你知道财团的口号:'没有最好的服务,只有更好的服务。'真是滑天下之大稽! 你以为财团旨在服务大众吗? 他们才不是为公共利益而生,他们是大众的寄生虫。"

"我从不认为财团是慈善组织。"威克曼干巴巴地说。

本特利不安地远离了他们两人。他们正盯着他看,仿佛他是个艺人。为什么他会对财团这么失望? 从定级仆役到结清工钱被财团扫地出门,没有人抱怨过,但他在抱怨。也许这是因为他缺乏现实主义精神,儿童指导所当年没能把那些过时的浪漫主义精神从他身体里赶出去。但不管怎么说,他都已经忍无可忍了。

"你怎么知道总局就会更好?"威克曼问道,"我猜你对此抱有很多幻想。"

"让他宣誓就职吧。"埃莉诺漠不关心地说,"他想要的不就是这个吗? 那就给他呗。"

威克曼摇摇头,"我不会让他宣誓就职的。"

"那么,我来。"女孩回答。

"你会明白我的良苦用心。"威克曼说。他从书桌抽屉里拿出一瓶二十四盎司装的苏格兰威士忌,倒了一杯,"有人想一起吗?"

"不,谢谢。"埃莉诺说。

本特利烦躁地转过身去,"现在到底是什么情况? 这就是总局的工作方式吗?"

威克曼笑了,"懂了吗? 你的幻想破灭了。老实待在你现在的位子上吧,本特利。别身在福中不知福。"

埃莉诺从桌子上跳了下来,匆匆地离开了房间。很快,她回来了,带着通常用来代表测评主持的特殊标志。"本特利,你过来。我会接受你的誓言。"她在桌子中央放了个小小的里斯·韦里克的塑料半身像,其颜色非常贴近人的肤色。然后她迅速地转身面向本特利,"来吧。"本特利缓缓地走向书桌,她伸手摸了一下他用绳子挂在脖子上的布包,那是洛瑞给他的。"那是什么护身符?"她问他。她把本特利带到她身边,"跟我说说。"

本特利给她看了包里的一小块磁化钢和白色粉末。"处女的乳汁做成的。"他简短地对白色粉末做出解释。

"你就只戴这个?"埃莉诺指着自己裸露的双峰之间挂着的一串护身符,"我想不通只有一个护身符的人是怎么活过来的。"她绿色的眼睛直眨巴,"也许你生活得异常艰辛。也许这就是你运气不好的原因。"

"我非常积极乐观[①],"本特利开始烦躁不安,"而且我还有另外两个护身符。这个是别人送我的。"

"哦?"她凑过来,专心地检查起来,"看起来像女人会买的那种符。贵,但是有点儿太花哨了。"

"韦里克没有任何护身符,是真的吗?"本特利问她。

"没错,"威克曼开口说道,"他不需要那些东西。瓶子把他抽到'一'时,他已经是6-3级了。说起运气,他还真不缺。他一路平步青云,就跟你在儿童教育短视频里看到的一样——他的

[①] 原文是 I have a positive scale,结合作者本人对心理学的兴趣,本意应该是在 PANSS(阳性与阴性症状量表)评级中阳性量表很高,作者用在这里除了意指乐观抗压,还带兴奋对抗的暗示意味。

每个毛孔都流露着好运!"

"我还看到有人摸他,想蹭点好运气。"埃莉诺说道,带点儿含蓄的骄傲,"我不能怪他们。我自己就摸过他,很多次。"

"给你带来什么好运了吗?"威克曼冷冷地问。他指了指女孩泛白的太阳穴。

"可惜我和里斯不是同时同地出生的。"埃莉诺简短地回答道。

"我不信天命。"威克曼冷静地说,"我认为运气可以赢得,也可以丢失。而且好事成双,祸不单行。"他缓缓地对着本特利继续说道,"韦里克可能之前运气一直挺好的,但这不意味着他能一直这么走运。他们——"他意味不明地朝天花板指了指,"他们喜欢平衡。"他又急匆匆地补充道,"我不是基督教徒,也不信别的什么宗教,你懂的。我知道一切都出于偶然。"他朝本特利的脸上喷了一口气,带着薄荷和洋葱的混合味道,"但,每个人都会在某天走运。而高高在上的人总会有倒台的一天。"

埃莉诺飞给威克曼一个警告的眼神,"说话小心点儿。"

威克曼的目光没有从本特利身上移开,他继续缓缓地说:"记住我说的话。你现在是自由身,好好利用这点。不要发誓效忠韦里克。你会被困在他这里,和他手下的终身仆役一样。你不会喜欢的。"

本特利的心凉了。"你的意思是我该直接向韦里克这个人宣誓？而不是效忠于测评主持这个职位？"

"没错。"埃莉诺说。

"为什么？"

"现在事情还不确定，我不能跟你说太多。过会儿，会根据你的级别给你分配任务的。这点我可以保证。"

本特利抓着他的公文包，漫无目的地移开。他的策略、他的计划都崩盘了。他在这里遇到的事没一件符合他的预期。"我就这么进了？"他略带气愤地追问，"我通过了？"

"当然。"威克曼无精打采地说，"韦里克想要把所有8-8级都收归麾下，可不能少了你。"

本特利茫然无措地从他们俩中间退开。不太对劲啊。"等等。"他说，感到既困惑，又迷惘，"我必须想清楚。给我点儿时间做决定。"

"请便。"埃莉诺冷漠地说。

"谢谢。"本特利不再说话，开始重新审视现在的情况。

埃莉诺在房间里徘徊，双手插在口袋里，"有关于那家伙的新消息吗？"她问威克曼，"我在等。"

"我只有最初来自闭路视频系统的警告，"威克曼说，"他叫里昂·卡特赖特,是某个邪教组织的成员。那是个疯狂的分裂组织。我真想知道他到底长什么样。"

"我不好奇。"埃莉诺在窗口停下来,望着下面的街道和斜坡,情绪低落,"用不了多久,它们就会变得喧嚣起来。"她猛地伸出手,用纤细的手指揉了揉自己的太阳穴,"天哪,我可能犯了个错。但一切都结束了,我无能为力。"

"你是犯了个错。"威克曼表示赞同,"等你再长大一点儿,就会意识到这错误有多么严重。"

恐惧的神情划过女孩的脸,"我永远不会离开韦里克,我必须和他在一起!"

"为什么?"

"我会很安全,他会照顾我,他总是照顾我。"

"军团会保护你的。"

"我不想和军团有任何瓜葛。"她红红的嘴唇抿着,紧贴着她雪白的牙齿,"我的家人,我乐于助人的叔叔彼得,和那人的财团一样,还不都是待价而沽。""那人"指的是本特利,"他竟然觉得这里面不会有交易。"

"这不是卖不卖的问题。"威克曼说,"这是原则。军团的地位高于普通人。"

"军团就跟这张桌子一样,不过就是个固定搭配。"埃莉诺用长长的指甲在桌子表面刮蹭，"买家具得买一整套，桌子、灯、伊普维克，还有军团。"她的眼中闪烁着厌恶，"你信普雷斯顿教，是吗？"

"是的。"

"难怪你急着见他。虽然有点儿变态，但我想我也会很好奇的。就像我也对殖民行星的奇怪生物好奇一样。"

桌子边，本特利从自己的思绪中走了出来。"好吧，"他大声说，"我准备好了。"

"好。"埃莉诺灵活地跑到桌子后面，一只手举起，另一只手放在胸上，"你知道誓言吧？需要帮忙吗？"

本特利把誓言背得滚瓜烂熟，但磨人的疑虑让他行动迟缓。威克曼站在一旁端详自己的指甲，他看上去不甚满意，且百无聊赖，散发出些许负面情绪。埃莉诺·史蒂文斯饶有兴味地看着本特利，脸上写满了种种复杂的情绪，每一秒神色都在变化。本特利越来越确信事情不太对劲，但他还是开始对着塑料半身像背诵起誓言来。

他正背到一半，办公室的门又滑开了，一群人喧闹着走进来。其中一个比其他人高出许多。那是个体型壮硕的男人，肩膀僵硬宽阔，有一张饱经风霜的苍白面孔，一头茂密的头发如铁丝一般。里斯·韦里克就这么被一群宣誓效忠他个人的员工围着走进来。他看到办公桌旁正在进行的宣誓手续，停了下来。

　　威克曼抬起头，迎向韦里克的目光。他微微一笑，什么也没说，但他的态度已经很清楚了。埃莉诺·史蒂文斯突然僵硬得如同石头一样。她脸颊通红，身体紧绷，等着本特利磕磕巴巴地把誓言说完。本特利刚一说完，她就缓过神来。她小心翼翼地把塑料半身像带出了办公室，然后又回来，伸出手。

　　"我需要你的权力卡，本特利先生。我们必须保有它。"

　　愣愣的本特利交出了他的卡。卡又一次被收走了。

　　"这家伙是谁？"韦里克朝本特利那边挥了一下手，沉声说道。

　　"他刚刚发誓了，是个8-8。"埃莉诺紧张地从桌子上拿起自己的东西。她的双乳间，护身符大幅度地摇晃颤抖着，"我去拿我的外套。"

　　"8-8？生物化学家？"韦里克兴致勃勃地打量着本特利，"他怎么样？"

　　"还将就。"威克曼说，"就我探心探到的东西来看，他似乎是顶尖的。"

　　埃莉诺匆匆地甩上衣柜门，把大衣披在裸露的肩上，把随身物品塞进大衣口袋里，塞得满满当当。"他刚从'飞鸟-弦琴'过来。"她气喘吁吁地加入了簇拥着韦里克的人群，"他还不知道。"

　　韦里克那凝重的脸上满是疲惫和忧虑，但是一丝淡淡的喜悦之火点燃了他深邃的眼睛——在高耸的眉骨之下,是冷酷的灰色眼球。"应该是现阶段最后的漏网之鱼了,其余的都去了卡特赖特——就是那个普雷斯顿教徒那儿。"他对本特利说,"你叫什么名字?"

本特利咕哝着说出自己的名字,同时他们握了手。韦里克的大手把他的骨头都要捏碎了,本特利无奈地问道:"我们要去哪儿?我想——"

"法本财团。"韦里克和他的队伍走向出口的坡道,只留下威克曼等待新的测评主持。韦里克对埃莉诺·史蒂文斯简单地解释说:"我们将从那里开始。去年我以个人名义关闭了法本财团。但在现在这种情况下,我依然可以在那里接受别人的效忠。"

"现在是什么情况?"本特利突然感到一阵惊恐,急忙追问。外面的门打开了;明亮的阳光照射在他们身上,街头喧闹的咆哮声传来。第一次,新闻机器的呼声在他的耳畔响起,震耳欲聋。队伍沿着坡道向地面走去,走向等候已久的星际运输船。本特利嘶哑地问:"发生了什么?"

"来吧。"韦里克哼了一声,"不久,你就会知道所有事儿了。我们还有很多工作要做,没时间在这里解释。"

本特利慢慢地跟着队伍,嘴里尝到的满是恐惧的腥咸滋味。他现在知道了。公众新闻机器的机械音兴奋地尖叫着,排山倒海般向他压过来。

"韦里克下台啦!"他们从人群中经过,旁边的机器突然叫了起来,"普雷斯顿教徒被瓶子转到了'一'!巴达维亚时间今天早上九点三十,瓶子动啦!韦里克——完全——倒台了!"

随机的权力更替已经发生,预言家们期待已久的时刻来了。韦里克从"一"号位被转出来了。他不再是测评主持。他跌入底层,完全被排除在总局之外。

而本特利向他宣誓了。

后悔已经太迟了。他正在去法本财团的路上。这一系列事件匆匆发生,就像一场令人窒息的冬季风暴,刮过整个太阳系,让所有人战战兢兢。而他们这群人在这一系列事件中被绑在了一起。

2

　　清晨早些时候,里昂·卡特赖特小心翼翼地开着他那辆老旧的"雪佛兰82"穿过狭窄蜿蜒的街道。他车技熟练,双手牢牢地抓住方向盘,双眼盯着前方的交通状况。像往常一样,他穿着一身过时但整洁的双排扣西装。一顶脱了形的帽子压在他的头上。他背心口袋里揣着一只怀表,正自顾自地嘀嘀嗒嗒响着。他的一切都透露着陈旧和岁月的痕迹。他大约六十岁,身材精干,肌肉发达,高大挺拔,骨架却很小,一双蓝眼睛透着温和的光。他的手腕上有红棕色斑点。他胳膊纤细,但结实有劲儿。他面容憔悴,却显出一种安静,近乎可以说是温柔的神情。他开得很小心,仿佛对自己和这辆年事已高的车都缺乏信任。

　　后座上成堆地放着准备发放的包装胶带。还没盖免税印的成捆金属沉甸甸的,把汽车底盘都压变了形。角落里有件揉成一团的旧雨衣,旁边放着一个陈旧的午餐盒,还有一些用过的鞋套。座位下面卡了一把上了膛的霍珀枪,已经卡了好几年了。

街道两边的老建筑都已经褪色,窗户蒙满灰尘,窗沿都起皮了。霓虹灯广告牌颜色黯淡。这些楼跟他还有他的车一样,都是上个世纪的遗物。那些穿着褪色裤子和工装夹克、显得死气沉沉的男人,双手插在口袋里,两眼无神充满敌意,或是在门廊处游荡,或是靠在墙上。一名矮胖的中年妇人穿着走形的黑色外套,拖着一辆快散架的购物车进了黑黢黢的商店。她烦躁地在没有卖相的商品、不新鲜的食物中随便挑一些,再将其拖回通风不畅、尿迹斑斑的公寓楼,拖回到混乱的家中。

卡特赖特观察发现,近来人类的生活并没发生太大的改变。评级系统、精心制作的测评,对大多数人没有任何好处。那些非客①——未评级的人仍然存在。

20世纪初,生产问题已经解决,在那之后困扰社会的就是消费问题。20世纪五六十年代,在西方世界,消费品和农产品堆叠成了高耸的山脉。能送的都送了,不过那么做可能会颠覆自由市场。到了1980年,临时解决方案就是把产品堆起来烧掉,每周都有价值数十亿美元的商品被烧毁。

每个星期六,市民们聚集成阴郁愤怒的人群,看着部队往没

----

① 作者生造的词语,Unk,unclassification,意指没有评级的边缘人。

人买的汽车、烤面包机、衣服、橘子、咖啡和香烟上喷汽油,用熊熊燃烧的烈火将其付之一炬。每个城镇都有一个焚烧场,四周被栅栏围起来,里面是一堆垃圾和灰烬。那些无人购买的美好事物在这里被有条不紊地摧毁。

测评也是有些好处的。人们虽买不起昂贵的商品,但仍怀有赢得它们的希望。数十年来,经济全靠精心设计的"赠送机"支撑着。这些机器送出了大量闪闪发光的商品。但是,每一个赢得汽车、冰箱或电视机的人的背后,都有数百万人与它们失之交臂。渐渐地,随着时间的推移,测验中的奖品从物质商品发展为更实在的东西:权力和声望。在最顶端的是最崇高的职位:权力分配者——测评主持。一旦当选,意味着能完全操控测评本身。

社会经济体制的崩溃是缓慢的,渐进的,影响深远的。这种崩溃深入到生活的方方面面,导致人们对自然法则本身失去了信心。似乎没有什么是稳定的或固定的,整个宇宙是一个变幻莫测的通量。没有人知道接下来会发生什么,也没有任何东西能够让人依靠。基于统计学的预测变得流行,因果关系的概念逐渐消失了。人们再也不相信自己能够掌控身边的环境;所剩下的只有风水轮流转的信念:在随机偶然的宇宙中,好运是有可能降临的。

极大极小值算法(M博弈游戏)理论是一种"斯多葛式"①的逃避,是当别人挣扎在漫无目的的旋涡中时的遗世独立。M游戏的玩家从不真正承诺什么;他不去冒险,也得不到什么——也就不会被打垮。他不断地累积自己的运气,并努力比其他玩家存活得更久。M博弈游戏的玩家束手静等游戏结束,那是他们能想到的最好的结局②。

极大极小值算法是在生活这场大游戏中求生存的重要方法,由冯·诺依曼和摩根斯坦这两位20世纪的数学家发明。这个算法曾被运用于第二次世界大战、朝鲜战争和终极之战③中。军事战略家和当时的金融家曾充分利用了这个理论。20世纪中叶,冯·诺依曼曾被派遣至美国原子能委员会:说明这个理论日渐重要,获得认可。而在其后的二百五十年内,这个理论成了政府的基础。

这就是为什么里昂·卡特赖特,一个电子修理工,一个有良知的人,成为了普雷斯顿教徒。

————

① 斯多葛哲学学派(或称斯多亚学派,也被译为斯多阿学派),是塞浦路斯岛人芝诺(约前336～约前264年)于公元前300年左右在雅典创立的学派。在社会生活中,斯多葛派强调顺从天命,要安于自己在社会中所处的地位,要恬淡寡欲,只有这样才能得到幸福。

② 极大极小值算法从本质上说,是一种博弈策略,降低风险为第一优先,于是无视冒险可能带来的收益。

③ 作者杜撰的战争。

信号灯亮了,卡特赖特把他的破车停在了路边。在他面前,社团大厦污迹斑斑的白色表面反射着五月的阳光。这是一栋细长的三层木结构建筑,大楼唯一的标志醒目地挂在隔壁洗衣房的上方:后方是普雷斯顿社团大厦主办公室。

这里是后门,是船只的装卸平台。卡特赖特打开汽车的后门,把成箱的邮政文件拖到人行道上。来往的人群对他视而不见,几码外一个鱼贩正在用类似的方式卸他卡车上的货。街对面,有一家昏暗的酒店,其中隐藏着一批鱼龙混杂的店铺,有小型杂货铺,也有凋敝的商业机构:借贷铺子、雪茄铺子、窑子、酒吧。

卡特赖特用膝盖顶着纸箱,将它推到狭窄的走道上,推进大楼里阴暗的储藏室。阴冷的黑暗中,只有一个阿充尼克灯泡①发着微弱的光;补给品堆放在四周,到处都是高耸的板条箱和接线盒。他找了一片空地,安置好沉重的货物,然后穿过大厅,进入狭窄的小前厅。

和往常一样,办公室和门可罗雀的接待室都空荡荡的。大楼的前门敞开着。卡特赖特抱起一大堆邮件,坐在塌陷的沙发上,把邮件摊在桌子上,开始快速浏览。没什么重要的事情:打印费、运费、租金、电费、垃圾清理费、逾期缴纳的罚单、水费和原材料费。

————————————
① 作者杜撰的一种新能源灯泡。

他打开一封信,拿出一张五美元的账单和一张长长的留言条,上面是一位老女人歪七扭八的笔迹。除此之外,还有一些零零碎碎的捐款。加起来,他发现社团收到了三十美元。

"他们开始焦躁不安。"丽塔·欧奈尔出现在他身后的门口,说道,"也许我们应该开始行动了。"

卡特赖特叹了口气,是时候了。他站了起来,清空了烟灰缸,把一堆卷了角的普雷斯顿的书《火焰碟星》复印件将平,然后不情愿地跟着那个女孩走到狭窄的大厅里。墙上约翰·普雷斯顿的照片沾满污渍,照片左下方有一排挂钩。他向前走去,穿过暗藏的窄缝,进入平行于普通走廊的那条昏暗的内部通道。

一看到他,屋子里的人立即安静下来。所有人的目光都转了过来;人们的迫切渴望混杂着恐惧,震颤了整个房间。一些人缓过神朝他走来。嗡嗡的说话声再次响起,房间里重新变得嘈杂。现在人们都在试图引起他的注意。他走向正中心,一群神情激动、比比画画的男女在他周围围成一个圈。

"我们出发吧。"比尔·康克林松了一口气。

他旁边,玛丽·乌齐奇热切地说:"我们等了这么久,再也等不下去了!"

卡特赖特在口袋里摸索了半天才终于找到他的清单。各种各样的人焦急地挤在他的周围,看得人眼花缭乱:几个墨西哥工人沉默寡言，惊恐万分，紧紧地抓着自己的东西；还有一对面无表情的城里夫妇、喷气机司炉师傅、日本配镜师傅、红唇妓女、破产零售干杂店的中年老板、农学学生、专利药推销员、厨师、护士还有木匠。他们汗流浃背，互相推搡，聚精会神地听着，专心致志地看着。

这些人掌握的技能来源于双手而非头脑。他们的能力来自多年来的实践和工作，来自与器物的相处。他们可以种植植物、挖掘地基、修理漏水管道、维护机器、纺织衣物、做饭。但根据评级系统的评估，他们都是失败的。

"我觉得人都到齐了。"杰雷迪紧张地说。

卡特赖特像做祈祷那样，深吸了一口气，接着提高声音，让所有人都能听到，"在你们离开前，我想说几句。船已经准备好了，那边的朋友也已经检查过了。"

"没错。"格罗夫斯船长证实道。他是位神色严肃的黑人，穿着皮夹克和靴子，戴着手套，令人印象深刻。

卡特赖特揉了揉手上那点儿皱巴巴的金属箔，"那么，就这样吧。还有人有疑问吗？有人想退出吗？"

空气中充斥着被压抑的兴奋和紧张。玛丽·乌齐奇对卡特赖特微笑了一下，然后又抬起头对着身旁的年轻人笑了。康克林伸手搂紧她。

"这就是我们一直以来奋斗的目标。"卡特赖特继续说,"我们投入了时间和金钱,就是为了这一刻。我希望约翰·普雷斯顿能在这里;看到这一切,他一定会很高兴。他知道这一天总会来的,他知道一定会有一艘船驶过那些殖民地行星,驶离总局的控制范围。在他心中,他确信人类会寻求新的边界和自由。"他看了看手表,"再见,祝你们好运。上路吧,抓好你们的护身符,让格罗夫斯掌舵。"

他们一个接一个地收好各自的微薄财物,拖着脚步缓缓离开房间。卡特赖特和他们一一握手,小声地说着祝好和安慰的话。等这些人中的最后一个离开房间,他在人去楼空的房间里静静地沉思了一会儿。

"我非常高兴一切都结束了。"丽塔松了口气,"我怕有人会退缩。"

"未知之地是个可怕的地方,那里有怪物。普雷斯顿还在一本书中写到了怪异的叫声。"卡特赖特用玻璃壶倒了一杯黑咖啡,"呃,留下来的我们也有活儿要干。我都不知道去和留哪一个更糟。"

"我从没有怀疑过,"丽塔无意识地用她纤细灵巧的手指梳理着黑发,"你可以改变宇宙……你无所不能。"

"很多事我都做不了。"卡特赖特冷淡地反驳道,"我会尝试些新东西,四处开展些活动,结束几个项目。但要不了多久,他们就能找到我。"

丽塔感到震惊,"你怎么知道?"

"我只是正视现实。"他的声音听起来很生硬,甚至凶巴巴的,"刺客干掉了每一个被瓶子选中的非客。你觉得他们准备好召开挑战大会需要多久? 这个制衡系统制的是我们,衡的是他们。只要他们还在,我想掺和一脚就是坏了规矩。从现在开始,一旦有不测发生,就都是我自己的错了。"

"他们知道飞船的事儿吗?"

"说不清楚。"他病恹恹地补充道,"我希望他们不知道。"

"你可以撑到那时候,撑到这艘船安全抵达,这是不是……"丽塔停下来,惊恐地转过身。

建筑物外面传来喷气机的声音。一艘飞船正在屋顶上降落,一阵金属发出的嗡鸣声骤然响起,就像一只钢铁昆虫。接着是碰撞声,吓了人一跳。楼上传来快速移动的声音,仿佛屋顶的陷阱被打开了。

丽塔看了看叔叔,他突然意识到了什么,一时脸上尽是恐惧的神色。接着,某种安然的疲倦和沉静盖过了恐惧,他犹豫着对她露出一个笑容。

"他们来了。"他用微弱的、几乎听不见的声音陈述道。

重型军靴出现在走廊上。会议室周围散布着穿着绿色制服的总局卫兵。在他们之后,一名面无表情的总局官员拿着一个锁好的公文包走了进来。

"你就是里昂·卡特赖特?"官员询问道。他翻阅着笔记本,接着说,"把你的文件给我,你带着的吧?"

卡特赖特从大衣内侧的口袋里掏出塑料管,解开封条,展开了薄薄的金属箔。他把金属箔一个个地放在桌子上。"出生证明、学习记录和受训记录、心理评估、医疗证明、犯罪记录、地位许可证、效忠史说明、最终效忠解除文件。都在这儿了。"他把这一堆东西推向官员,然后脱下外套,卷起袖子。

官员随意看了看这些文件,对比了识别标签和植入在卡特赖特前臂深处的标记。"待会儿我们还会检查指纹和大脑模式。不过,这其实是多余的,我知道你是里昂·卡特赖特。"他又把文件推了回来,"我是总局探心军团的谢弗少校,附近还有其他的探心军。今天早上九点过一点儿,发生了权力转移。"

"我知道了。"卡特赖特说着,把袖子放了下来,穿上外套。

谢弗少校摩挲着卡特赖特的地位许可证光滑的边缘,"你没有评级,是吗?"

"没有。"

"我想你的权力卡被你的保护人财团收着,那是通常的做法,对吧?"

"通常是的。"卡特赖特说,"但我不属于任何财团。你们在我的文件上都看到了,今年早些时候我已经被开除了。"

谢弗耸耸肩,"在那之后,你自然而然地把你的权力卡挂在黑市上卖。"他"啪"的一声合上笔记本,"现在瓶子大多数时候挑出的都是未评级的人,因为这些人的数量远远超过有评级的人。但不管怎么说,有评级的人才能保有权力卡。"

卡特赖特把他的权力卡放在桌上,"我也有。"

谢弗目瞪口呆。"难以置信。"他迅速扫描了卡特赖特的头脑,脸上出现了怀疑困惑的表情,"你早就知道了,你知道这要发生。"

"是。"

"不可能。刚出结果,我们马上就赶了过来。韦里克还不知道这个消息呢。你是军团以外第一个知道这事的人。"他靠近卡特赖特,"有点儿不太对劲,你怎么知道要发生了?"

"那头双头小牛。"卡特赖特含糊其词。

这位探心官陷入了沉思,继续在卡特赖特的脑海中探索。突然,他抽离出来。"无所谓。我猜你应该有些内部渠道。我可以找出来;它就在你的脑海深处,被你小心地掩藏起来。"他伸出了手,"恭喜你。如果你觉得没问题,我们会在这里驻守。几分钟后,韦里克就会得到消息。我们要做好准备。"他把卡特赖特的权力卡塞回他的手中,"好好保管,这是新职位对你的唯一要求。"

"我想,"卡特赖特重新找回了呼吸,"我可以信任你。"他小心翼翼地把权力卡插进口袋里。

"我觉得你可以。"谢弗反射性地舔了舔嘴唇,"感觉真怪……你现在是我们的顶头上司,而韦里克啥也不是。我们可能需要点儿时间才能在心理上适应。有些年轻的军团成员根本不记得任何其他的测评主持……"他耸耸肩,"我建议你在军团里待一阵子。我们不能留在这里,巴达维亚很多人都对韦里克个人宣誓效忠,而不是他的职位。我们必须仔细筛查每一个人,系统地将他们除掉。韦里克一直利用这些人来控制财团。"

"我并不意外。"

"韦里克很精明。"谢弗挑剔地衡量着卡特赖特,"他任测评主持期间,一再受到挑战。总是有人溜进来想刺杀他,搞得我们一直很忙。不过这或许就是我们存在的意义吧。"

"我很高兴是你来了。"卡特赖特承认,"听到声音,我还以为是韦里克。"

"如果我们先通知他的话,很有可能。"谢弗的眼中带着冷酷的笑意,"如果不是老一辈的探心官提醒,我们可能会先通知他,耽误过来的时间。彼得·威克曼做出了很大贡献,提醒我们的责任和义务,诸如此类的事情。"

卡特赖特默默地记下。他应该去找一下这个彼得·威克曼。

"靠近这里时,"谢弗缓慢地继续说道,"我们的第一批人收集到了一大群人的想法。他们显然刚离开这里,你的名字,还有这个地方都出现在他们的脑海里。"

卡特赖特立即变得警惕起来,"哦?"

"他们正在远离我们,所以我们没法收集到更多信息。大概是些关于船和长途飞行的事情。"

"你听起来像是政府的预言家。"

"他们身边充满了兴奋和恐惧的强烈磁场。"

"我无话可说,"卡特赖特强调道,"因为我什么都不知道。"接着,他语带讽刺地补充道:"可能是讨债的吧。"

在社团大厦外的院子里,丽塔·欧奈尔漫无目的地绕着小小的圈子,突然感觉怅然若失。关键的时刻已经过去了,成为了历史。

社团大厦对面有简陋的小墓室——就是一个污迹斑斑的黄色塑料立方体,里面躺着约翰·普雷斯顿的遗骸。她看得到他畸形的黑色尸骨悬在其中,双手交叠在小鸟般的胸腔上,双眼紧闭,还戴着那副再也没有用处的眼镜。他的手很小,关节炎害他跛了脚。他驼背,还近视。墓室尘土飞扬,周围散落着垃圾和废弃物。风把陈旧的垃圾刮到这里,再也没带走。没有人来瞻仰普雷斯顿的遗体。这个墓室是座被世人遗忘的、孤独的纪念碑,里面藏着无人问津的遗骸,毫无用处、为世所遗。

但是在半英里之外,一队老旧的车队正在下客。破旧的通用公司运矿飞船紧紧地卡在发射台上;刚从车上下来的乘客笨拙地沿着狭窄的金属坡道爬进陌生的飞船船体。

狂热分子上路了。他们前往深空寻找太阳系中谜一般的第十颗行星,向世人宣布它的存在。那是传说中的火焰碟星,在人们所知的宇宙之外,属于约翰·普雷斯顿的神话般的世界。

3

　　卡特赖特还没抵达巴达维亚的总局大楼，消息就传开了。他坐在一旁，目不转睛地看着电视屏幕，高速洲际火箭在南太平洋的天空中飞驰而过。在他们身下，是广阔无垠的蓝色大海和无尽的黑点——那是金属和塑料制成的窭屋聚居区。亚洲的许多家庭都住在这样的地方。这些脆弱的海上平台从夏威夷一直延伸到锡兰。

　　电视屏幕疯狂地闪烁着。不同的面孔来回变换；场面切换得太快，让人眼花缭乱。屏幕上正回顾韦里克这十年来的历史：这位拥有着壮硕身躯和粗眉毛的前测评主持的照片和对他的成就的简介不断闪过。有关卡特赖特的报道却很模糊。

　　他只能苦笑，于是探心立马开始了。没有关于他的任何消息，只知道他与普雷斯顿社团有某种联系。新闻机器已经尽可能地挖掘这个社团的消息,但收获惨淡。电视里出现了约翰·普雷斯顿本人的故事片段:这个瘦弱的矮个男人从信息库辗转来到天文台,不停地写书,收集无数的事实证据,与专家进行徒劳的争论,终于失去了本来就不稳定的评级,最后悄无声息地沉沦死亡。再之后,就是简陋的地下墓室被建起。社团举行了第一次会议。普雷斯顿那本半胡说半预言的书开始印刷了……

卡特赖特希望他们就知道这些。他暗自祈祷着,双眼紧盯电视屏幕。

他现在是九星联合系统的最高掌权者。他是测评主持,探心军团簇拥在他左右,还有一支庞大的军队,战舰和警察部队随他支配。他是绝对的管理者,掌管着随机转动的瓶子、庞大的评级系统、测验、彩票和培训学校,没人能与他抗衡。

但是除他以外,还有五家财团——那是支撑着社会和政治制度的工业框架。

"韦里克做得怎么样?"他问谢弗少校。

谢弗打探了一下他的思想,看看他到底想问什么。"噢,他做得相当不错。如果他能撑到八月份,就能废除掉随机抽选和M博弈游戏机制了。"

"韦里克现在在哪里?"

"他离开了巴达维亚,去了法本财团,在那儿他是最强的。他会从那儿开始经营,我们探到了他的部分计划。"

"我可以预见你的军团将派上大用场。"

"一定程度上是的。我们的工作就是保护你,仅此而已。我们不是间谍,也不是特务,我们只需要守护你的生命。"

"过去的成功率怎么样?"

"探心军团一百六十年前就成立了,从那时起,我们已经保护过五十九名测评主持。我们把其中十一人从挑战中救了出来。"

"他们干了多久?"

"有的几分钟,有的好几年。韦里克在位的时间差不多是最长的,不过还有麦克雷,那是1978年的时候了,他干了十三年。他在位期间,军团截获了三百多名挑战者。没有麦克雷的帮助,我们可做不到。他是个狡猾的混蛋。有时候我觉得他也是个探心军。"

"探心军团——"卡特赖特沉思着,"——负责保护我,而在册刺客想杀了我。"

"一次只会有一个刺客。当然,你可能会被未经大会批准的业余刺客谋杀。某个怀有私人恩怨的人。但这很少见。他这么做,不仅会失去权力卡,而且什么也得个到。他会被政治中立化,永远无法成为测评主持。而瓶子则会再转一次。彻头彻尾的亏本买卖。"

"告诉我我大概能在位多久。"

"平均来说,两个星期。"

两个星期,外加韦里克还是个精明的主儿。挑战大会不可能是几个渴望权力的散兵游勇胡乱凑在一起组成的。韦里克肯定把所有事情都安排好了。会有一个高效、统一的机制,不断地选出一个又一个刺客,他们源源不断地爬向巴达维亚,直到终于达到目标,杀了卡特赖特。

谢弗说:"在你的脑海里,有一个有趣的旋涡,混杂着常见的恐惧和另一种非常罕见的表征。我分析不出来,但和一艘船有关。"

"你只要想窥探别人,就能窥探吗?"

"我控制不了。如果我坐在这里喃喃自语,你就会忍不住听我说。我和一群人在一起时,他们的想法会变得模糊起来,就像一群人在一起喋喋不休。但这里只有你和我。"

"船已经在路上了。"卡特赖特说。

"它走不了太远。它想停留的第一个星球是哪儿,火星、木星还是木卫三?"

"这艘船会一路走下去,我们不是要非法入住另一个星球,将其变为殖民地。"

"你在这艘古老的矿石运输船上花了很多心思啊!"

"我们拥有的一切都押在上面。"

"你认为你可以坚持足够长的时间?"

"但愿如此。"

"我也是。"谢弗冷静地说,"顺便一提。"他指着前方和下方出现的生机勃勃的岛屿,"我们降落的时候,韦里克的代理人会在那儿等着你。"

卡特赖特冷哼道:"这就等不及了?"

"不是刺客,挑战大会还没召开呢。这人是韦里克的手下,名叫赫伯特·摩尔,是效忠他个人的工作人员。我们已经搜过他的身,确认没有武器,他只是想和你谈谈。"

"你怎么知道?"

"几分钟前,我已经连上了军团总部。所有处理过的信息可以通过我们传递,一人传一人。实际上,我们是一个链条。你不用担心,你和他谈话的时候,我们至少会有两个人和你在一起。"

"假设我不想跟他说话呢?"

"你有这个特权。"

船在磁力抓斗上降落,卡特赖特关掉了电视,"你有什么建议?"

"跟他聊聊,听他说什么。这会让你更清楚自己将要面对的是什么。"

赫伯特·摩尔是个三十出头的金发帅哥。当卡特赖特、谢弗和其他两名军人走进总局大楼的主休息室时，他优雅地站起来。

"你好。"摩尔用轻快的语调对谢弗说。

谢弗推开通往内部办公室的门，站在门边等着卡特赖特进门。这是新的测评主持第一次看到他继承的财产。他站在门口，外套挂在手臂上，完全被眼前的一切迷住了。

最后，他说道："这和社团大厦比真是一个天上，一个地下。"他摸着办公桌抛了光的桃花心木表面，缓缓地踱步徘徊，"真的很奇怪……我自以为想清楚了拥有为所欲为的权力，从抽象的方面来说到底意味着什么。可是看到这些地毯和这张大桌子——"

"这不是你的办公桌，"谢弗少校告诉他，"这是你秘书的办公桌。她叫埃莉诺·史蒂文斯，前探心官。"

"哦。"卡特赖特脸红了，"那，她在哪儿?"

"她跟韦里克走了。这情况真有趣。"谢弗少校"砰"地关上门，把赫伯特·摩尔留在外面的豪华休息室里，"她是军团的新成员。韦里克当上测评主持后，她才来的。那时她刚十七岁。她只跟过韦里克一个人。几年后，她把效忠誓言改了，从职位效忠誓言变成了个人效忠誓言。韦里克走后，她收拾好东西，也跟着走了。"

"那韦里克手上就有了一名探心官。"

"按照法律,她会失去她的大脑前叶。呵呵,这种个人效忠关系居然能够建立起来。据我所知,他俩没发生性关系。事实上,她是摩尔的情人,就是外面那个等着的年轻人。"

卡特赖特在豪华的办公室里漫步,审视着文件柜、大型伊普维克设备、桌椅、墙上随机播放的装饰画,"我的办公室在哪里?"

谢弗踢开了一扇沉重的门。他和另外两名军人跟着卡特赖特经过一连串的检查点和宽敞的防护区,终于进入一间昏暗的由耐热钢包裹的房间。"房间很大,但没那么奢华。"谢弗开口说道,"韦里克是个现实主义者。他来的时候,这有点儿阿拉伯妓院的风格:四面八方躺着妓女,到处都是酒精和饮料,还有好几张沙发,音乐声从不间断,房间的色彩也不停地变换。韦里克把房里的那些玩意儿全撤了,那些女孩也全被送去了火星劳工营,房里的各种装置和姜饼蛋糕也给扔了,然后建了现在这个。"谢弗敲了敲墙面,传来沉闷的回声,"二十英尺厚的高品质耐热钢。防弹、防蛀、防辐射,有自己的换气系统、温度和湿度控制系统,还有自带的食物供应。"他打开了壁橱,"看。"

壁橱是个小型武器库。

"所有已知的枪支韦里克都能上手。每周我们都去丛林,见啥打啥。除了按照常规,经过这道门进去,没有别的办法进屋。除非……"他把手放在其中一面墙壁上,"韦里克从不失算。他精心设计了一切,每一寸都在他的监督下建造。建成后,所有工人都被送去了劳工营。就像法老王建造法老墓一样。在快要完工的最后几个小时中,军团都被排除在外。"

"为什么?"

"韦里克安装了这些装备,但他并不打算在任职测评主持期间使用。不过,工人们被送上运输车时,我们探过他们的心。探心军就是这样,越是被排除在外,就越好奇。"墙体的一部分滑到了一边,"这是韦里克的特别通道。表面上看,是出口;实际上,是入口。"

卡特赖特想要忽视他手掌和腋下冒出的冷汗。通道在钢制大桌子后面打开了。不难想象耐热墙悄悄地滑开,刺客直接出现在新任测评主持背后的场景。"你有什么建议吗? 我该把它封好吗?"

"我们制定的策略并不涉及这个装置。我们会在地板下广布气囊,覆盖整段通道,然后就不用管它了。刺客还没摸到内部门锁,就死了。"谢弗耸耸肩,"但这都是小手段。"

"我会听取你的建议。"卡特赖特说,"还有什么我现在应该知道的?"

"你该听听摩尔的话。他是个顶尖的生物化学家,是个自成一派的天才。他掌控着法本财团的研究实验室;这么多年,这是他第一次来这儿。我们一直尝试通过扫描,探知他在研究些什么。但坦率地说,这些信息对我们来说技术含量太高了。"

另一个探心军是个矮小精干的男人,留着小胡子,头发稀疏。他手里拿着小酒杯说道:"真想知道,那个叫摩尔的家伙为了摆脱我们,专门创造了多少技术术语。那肯定很有意思。"

"这是彼得·威克曼。"谢弗说。

卡特赖特和威克曼握了握手。这位探心军的手指修剪得十分整齐,纤细无力,完全没有卡特赖特习惯了的、未评级群体的手指的力量。很难相信这人是军团的领袖,是他在关键时刻把韦里克赶了出去。"谢谢。"卡特赖特说。

"不客气。但其实和你没关系。"

这位探心军对这个高个老头很感兴趣,"一个人怎么才能成为普雷斯顿教徒?那些书我都没读过,是有三本吗?"

"四本。"

"普雷斯顿是个古怪的天文学家,到天文台观测他自己的星球,对吗?他们调试了望远镜,却什么也没发现。后来,普雷斯顿就离开了,并最终死在飞船上。是的,有一回我翻了一下《火焰碟星》那本书。拥有它的人是一个真正的疯子。我试图探他的心，却只看到一片混乱的激情。"

"那我探起来怎么样?"卡特赖特问道。

众人陷入了一阵绝对的沉默。三名探心官都在探他。他努力把注意力集中在角落里设计精巧的电视机上，试图忽视他们。

"大致相同。"威克曼过了一会儿说道，"对于这个社会来说，你实在太古怪了，M博弈游戏非常强调亚里士多德的'中庸之道'①。然而你却把所有的东西都绑在你的船上，从一文不值的粪坑到价值千金的宫殿。一旦船坠毁了，你就完了。"

"它不会坠毁的。"卡特赖特严厉地对他说。三位探心官都被逗乐了。"在这个充满偶然的世界里，没人说得准。"谢弗干脆地说，"它可能会被摧毁，不过，它也可能会抵达目标。"

"等你和摩尔谈过之后，"威克曼说，"真想看看你是不是还觉得会成功。"

卡特赖特和威克曼走进休息室，赫伯特·摩尔优雅地站了起来。

"坐，"卡特赖特说，"我就在这儿跟你谈。"

_____

① 亚里士多德伦理学说中一个最重要的思想是中庸之道，而且这种中庸之道实际上也是他的社会政治思想的核心原则。他总结希腊人的生活之道，无论在个人行为还是在城邦生活中，过与不及都不合乎理性，也不能培养善行和达到幸福。

摩尔站着没动,"卡特赖特先生,我不会占用你太多的时间。我知道你有很多事情要做。"

威克曼哼了一声。

"你想要什么?"卡特赖特问道。

"我们这么说吧,你来了,韦里克走了。你取得了系统中的至高地位,对吧?"

"他的策略,"威克曼深思熟虑地说道,"是要说服你,让你相信自己是一个门外汉。我们能知道的就这些。他想让你觉得自己是个趁老板外出谈大生意时,坐在老板椅子上的门卫。"

摩尔开始四处踱步,情绪激动,脸颊涨得通红。他手舞足蹈地比画着,随着滔滔不绝的话语从嘴里倾吐出来,他也显得越发活跃。"里斯·韦里克当了十年的测评主持。他每天遭遇挑战,但每次都活了下来。韦里克从本质上来说,是个熟练的领导者。他在这个职位中展现出的知识和能力超过之前所有测评主持的总和。"

"除了麦克雷。"谢弗走进休息室,激动地指出,"别忘了还有他,老好人麦克雷。"

卡特赖特感到胃里一阵恶心。他整个人瘫倒在软椅里,疲惫地向后仰靠。椅子根据他的体重和姿势,自动调整样式。虽然他没有参与,但争论还在继续;两位探心官和韦里克年轻有为的手下还在喋喋不休地讨论着。这一切在他看来遥远得如同梦境。他试过集中精神给他们评评理,但他们似乎并不需要。

赫伯特·摩尔很大程度上是对的。他闯进了别人的办公室,抢占了别人的职位,面对别人的问题。他估算着那艘船现在大概在哪里。除非出了问题,那艘船应该马上就要朝火星和小行星带前进。海关应该已经被甩掉了吧?他看了看时间。这会儿,飞船应该在加速了。

摩尔尖锐的声音把他拉回现实。他直起身子,睁开眼睛。"好吧!"摩尔激动地说,"伊普维克上已经有消息了。大会应该会在威斯汀豪斯财团召开,那里的酒店空间更大些。"

"是的。"威克曼针锋相对,"杀手们通常都在那里集合。那里房子多,又便宜。"

威克曼和摩尔正在讨论"挑战大会"。

卡特赖特摇摇晃晃地站了起来,"我想和摩尔聊一聊。你们两个出去。到别地儿待着去。"

探心官们小声地商议了一会儿,然后走向门口。"小心点儿,"威克曼警告他,"你今天经历了太多的情绪冲击,丘脑指数太高了。"

他们走后,卡特赖特关上了门,转身面对摩尔,"现在我们可以好好地解决一下这个问题了。"

摩尔自信地笑了。"您说什么就是什么，卡特赖特先生。您是老大。"

"我不是你的老大。"

"确实不是。我们中的一些人仍旧效忠于里斯。我们没有让他失望。"

"你肯定很尊重他。"

摩尔的表情证明了他说的是对的。"里斯·韦里克是个大人物，卡特赖特先生。他做了很多了不起的事情，他掌控着很多事情。"摩尔的脸上透出喜悦的光芒，"他是完全理性的。"

"你想让我做什么？把位置还给他？"卡特赖特听到自己的声音因情绪激动而颤抖，"我不会放弃的。我不在乎这有多荒谬。我现在在这儿，我还会继续待在这儿。你吓不倒我，也不能嘲笑我！"

他的声音在回荡，他在呐喊。他强迫自己冷静下来。赫伯特·摩尔依旧笑得很灿烂，沉浸在自己带来的温暖中。

他太年轻了，都可以做我的儿子了，卡特赖特想着。他肯定不到三十，我都六十三了。他只是个小毛孩儿，一个神童。卡特赖特试图让自己的手别抖，但是他做不到。他兴奋过头了，几乎说不了话。他激动地难以自持。他还很害怕。

"你干不了这个。"摩尔平静地说，"这不是你的领域。你是什么人？我查过记录。你于2140年10月5日出生在皇家财团外，你一生都住在那里。这是你第一次来到地球的这一边，更不用说去别的星球了。你在皇家财团的慈善部门接受过十年有名无实的教育。你没有任何一技之长。从高中开始，你放弃了理论性的课程，选修了手工铺子的课。你学习了焊接和电子维修等技术，也曾在印刷厂工作过一段时间。离开学校以后，你曾在一个炮塔工厂当机械师，在普林板①上做了一些电路改进。但是总局拒绝了你的专利申请，理由是贡献太小。"

"一年之后，"卡特赖特艰难地说道，"那些改进的地方就被瓶子装置采纳了。"

"从那以后，你就过得更惨了。你在日内瓦做瓶子的维护工作，期间发现了自己的设计被应用到瓶子装置上。你千方百计想求得一个评级，但却因没有足够的理论知识而失败。四十九岁的时候，你放弃了。五十岁，你加入了这个狂想家的组织——普雷斯顿社团。"

"那会儿我已经连续六年出席他们的会议了。"

"当时会员还不多，你最终当选上了社团主席。你把所有的钱和时间都投在这件疯狂的事情上。它成了你前进的信念，你

---

① 菲利普·迪克生造出的一种口袋大小的线路板，可以帮助机器做出随机决策，瓶子装置和刺客都会使用它。

痴迷而狂热。"摩尔容光焕发,仿佛解开了一个错综复杂的方程式,"而现在,你所在的位置——测评主持,需要管理整个种族,超过数十亿人,统领无穷无尽的人类和资源。您掌控的甚至可能是全宇宙唯一的文明。可你却只把这一切当作社团扩张的途径。"

卡特赖特噎住了,无法辩驳。

"你打算怎么做?"摩尔继续说道,"印几万亿份普雷斯顿的宣传册? 散发他的巨幅3D图片,传播到整个星系? 生产他的雕像,建造大型博物馆展示他的衣物、假牙、鞋、指甲、扣子,为信徒建造神社,以供朝拜? 你们已经有了一座纪念碑:他的遗体保存在皇家财团的贫民窟中破败的木制建筑里。他的骸骨被当作圣人的遗体在那里展出,供人触摸和向其祈祷。

"这就是你的计划吗? 一个新宗教,一个新上帝? 你是不是打算组织庞大的舰队,派出数不胜数的战舰去寻找他的神秘星球?"摩尔看到卡特赖特脸色苍白,极度难看,他接着说,"是不是我们得花时间搜遍整个宇宙空间,寻找他劳什子 的火焰碟星? 记得罗宾·皮特吧,第三十四位测评主持。他才十九岁,是个同性恋、精神病。他一生都和他的母亲和姐姐生活在一起。他读古书,画画,写神经兮兮的意识流作品。"

"是诗歌。"

"他当了一周的测评主持,然后挑战者了结了他——谢天谢地。他在这些建筑后的丛林里游荡,采集野花,写十四行诗。或许你已经读过了。那个时候你已经出生了,年纪也应该足够大。"

"他被杀的时候,我十三岁。"

"你记得他为人类规划了些什么吗?回想一下。为什么会出现'挑战'这个程序?整个瓶子系统都是为了保护我们;它随机提拔和剥夺人的职权,不定期地随机选择某个个体。没人能获得权力后一直保有它;没人知道明年,甚至下周自己会是什么状态;没人能成为独裁者;亚原子随机粒子决定权力的来去。而挑战程序从另一方面保护我们。避免出现不称职的领导者,比如傻瓜或者疯子。我们完全安全:没有暴君,也没有狂想家。"

"我不是狂想家。"卡特赖特咕哝着,声音嘶哑。他被自己的声音吓着了。那声音软弱,沮丧,犹豫。摩尔的笑容更夸张了,他已经非常笃定了。"我需要一段时间来适应。"卡特赖特怯懦地说,"我需要时间。"

"你认为你可以适应?"摩尔问道。

"是!"

"我不这么认为。你大概还有二十四小时。只需要二十四小时就能召开挑战大会,选出第一位候选人。这次应该有很多应征者。"

卡特赖特瘦小的身子猛然一抖，"为什么？"

"韦里克悬赏一百万金币干掉你。这个提议一直有效，直到有人领走赏金，也就是说直到你死了。"

卡特赖特听到了这些话，但没记住。他迷迷糊糊地意识到，威克曼走进了休息室，走向摩尔。他们两个人低声说着话，离开了房间。他几乎听不到他们的声音。

仿佛一场寒冷的噩梦，"一百万金币"这个词慢慢渗进了他的脑海里。很多人都想要这笔钱。有了这笔钱，非客可以在黑市上买到各种评级。这个社会本身就是一场持续的赌博，是永无止境的乐透游戏，而星系中最有头脑的这批人会为了这笔钱赌上自己的命。

威克曼摇着头朝他走过来，"他的脑子转得太快了，乱七八糟的想法闪过，有很多我们没法弄清楚。是关于尸体、炸弹、刺客和随机可能性的事。现在他已经走了，我们把他送走了。"

"他说的是真的。"卡特赖特喘着气，"他是对的，我在这儿没有立足之地。我不属于这里。"

"他的策略就是让你这样想。"

"但这是事实。"

威克曼犹豫地点点头，"我知道这是事实。正因为如此，这是个很好的策略。我想,我们也有很好的对策,到时候你就会知道的。"他突然抓住卡特赖特的肩膀,"先坐下,我给你倒一杯酒;韦里克在这儿留了些纯的苏格兰威士忌,整整几大箱。"

卡特赖特无声地摇了摇头。

"那你随意。"威克曼拿出口袋里的手帕擦了擦额头,他的手在颤抖,"我想,你不介意的话,我得来一杯。探过那些高速运转的变态想法后,我得喝一杯,缓缓。"

4

　　泰德·本特利站在厨房门口,呼吸着食物散发出的温暖香气。戴维斯家的房子舒适又明亮。艾尔·戴维斯脱掉了鞋子,正心满意足地坐在客厅的电视前,认真地看着广告。他漂亮的棕发妻子劳拉正在准备晚餐。

　　"如果这是变异藻①,"本特利对她说,"那这是闻起来最棒的冒牌货了。"

　　"我们从来不吃变异藻。"劳拉轻快地回答,"我们结婚的第一年吃过。但是不管他们怎么加工,你还是能吃出来。当然了,天然食品贵得离谱,但这是值得的。变异藻是给非客们吃的。"

　　"要是没有了变异藻,"听到她说的话,艾尔接嘴道,"早在20世纪,非客就都饿死了。你总是说些典型的外行人才会有的错误

———————————
　　① 某种经过突变、可以被加工成不同的食物的植物。

论调。我给你说说真相吧。"

"讲吧。"劳拉说。

"变异藻不是天然的藻类,是突变体。它最早出现在中东某地的培养基中,后来慢慢出现在了不同地方的淡水表面。"

"这个我知道。早上上洗手间的时候,我不就发现整个洗手盆、管子、浴缸和各种卫具上都堆满了那讨厌的玩意儿吗?"

"五大湖上也有。"艾尔一板一眼地说。

"好啦。这可不是变异藻。"劳拉对泰德说,"这是真正的烤牛肉,货真价实的春土豆、青豆、白卷。"

"比起上次见你们那会儿,你们过得好多了。"本特利说,"怎么回事儿?"

劳拉美丽的面庞上闪过复杂的神情,"你没听说吗?艾尔跳了整整一个评级。他通过了政府测验;每天晚上他下班回家,我都和他一块儿学习。"

"我从来没听说有人通过测验,电视里提到过吗?"

"是的,电视上提了。"劳拉不满地皱起了眉头,"那个讨人厌的山姆·奥斯特用了一整期节目讲这件事。他太能煽动了,所以才在非客中有那么多追随者。"

"很遗憾,我没听说过他。"本特利承认。

电视上,绚丽的广告画面像燃烧着的液态弹,它们来回播放着，一个接一个地出现。每一个都停留一会儿，然后消失。广告是最高级的艺术形式；广告的背后聚集着最优秀的创意人才。广告是结合了色彩、画面的平衡以及节奏的艺术，其中还蕴含着躁动的活力，这些元素从屏幕溢出，冲进戴维斯的舒适客厅。安装在墙壁里的隐形高保真扬声器传出了随机选取的广告伴奏乐，音乐在房间中流淌着。

"挑战大会，"戴维斯指着屏幕说，"他们打广告吸引申请者，奖金可是相当丰厚。"

屏幕上不断地出现泡沫般的光和质感十足的色彩，形成一股旋涡，这象征着挑战大会。滚滚的人潮散开又聚拢，通过新的方式再度组合起来。一个团体异常兴奋，他们组合成半圆形，跳着舞横穿画面，而背景音乐则把气氛推向高潮。

"这是什么意思？"本特利问道。

"你想知道的话，我可以换到1频道。那样你就明白了。"

劳拉匆匆忙忙地拿着银器和瓷器来摆桌子。"不要放1频道；所有非客都在看这个。广告有两种模式，这是给我们看的，他们看的是文字版。"

"你错了，亲爱的。"艾尔严肃地说，"1频道是新闻和千真万确的消息。S频道才是娱乐频道。我喜欢这么理解，但是——"他挥挥手，电路突然转换了，生动的颜色和声音眨眼间就消失了,取而代之的是威斯汀豪斯新闻播音员波澜不惊的模样,"这是一样的。"

劳拉摆好了桌子,急匆匆地回到了厨房。客厅温馨舒适,其中一面墙是透明的;房子下面的柏林市向远方延伸开来,城市聚落将法本财团包裹在中央。法本财团是个位于中心地带的高耸入云的巨大圆锥体,在夜空下看上去一片漆黑。星星点点的清冷灯光在浓郁的夜色中涌出又消散;地面上的车辆像是黄色的火花,在寒冷夜晚投下的阴影中舞蹈。汽车最终驶入圆锥体,消失了,仿佛扑火的飞蛾扑向巨大的台灯灯罩。

"你发誓效忠韦里克多久了?"本特利问戴维斯。

艾尔努力把自己的注意力从电视屏幕上移开;电视上这会儿正在讲C+反应堆的新实验,"你到底想问什么,泰德? 我想三四年了吧。"

"你挺满意的?"

"当然,有啥不满的?"艾尔指着精心布置的舒适客厅,"谁会不满意?"

"我不是说这个。我在'飞鸟-弦琴'也有同样的待遇;大多数评了级的人都是这样的。我指的是韦里克他这个人。"

艾尔·戴维斯费了好大劲才明白本特利的意思,"我从没见过韦里克,今天以前,他一直在巴达维亚。"

"你知道我发誓效忠韦里克了吧?"

"你下午告诉我了。"戴维斯亲切地看着本特利,神情放松,没有压力,"我希望这意味着你会搬过来。"

"为什么?"

戴维斯眨了眨眼,"欸……因为那样一来,我就能常常见到你和茉莉了。"

"我半年前就没和茉莉一块儿住了。"本特利不耐烦地说,"我俩分开了。她现在在木星上担任什么劳工营官员。"

"呃,我不知道,我好几年没见你了。那天在伊普维克上看到你,我惊讶得跟见了鬼似的。"

"我跟着韦里克还有他的手下一起过来的。"本特利语带讽刺,"'飞鸟-弦琴'放我走以后,我直接去了巴达维亚。我打算从此跟财团系统分道扬镳。我直奔里斯·韦里克去了。"

"你做了件对的事。"

"韦里克骗了我! 他下台了,彻底被总局赶出来了。我知道那些钱用不完的人在不断哄抬财团的价值。我不想和这事儿有任何瓜葛——结果你看我现在。"本特利更加不满了,"我非但没有摆脱它,还来到了最肮脏的核心。这是地球上我最不愿意待的地方。"

戴维斯的神色从谅解转为了愤怒,"我认识的人里,最优秀的人都是韦里克的仆役。"

"然而他们都是生财无道的人。"

"你是因为他成功才指责他吗？是他让财团系统顺利运行。他能做到别人做不到的事，这是他的错吗？这是自然选择和进化的过程。适者生存。"

"韦里克解散了我们的研究实验室。"

"我们？我说，你现在可是跟韦里克一伙儿的。"戴维斯更加气愤了，"有你这么说话的么！韦里克是你的保护者，你站在这里——"

"好了，伙计们！"劳拉喊道，脸颊通红，很有一家之主的架势，"晚餐已经放在桌上了，麻烦你们拿几张椅子过来。艾尔，吃饭前先洗手。记得穿上鞋子。"

"当然，亲爱的。"戴维斯乖乖地站了起来。

"要我帮忙吗？"本特利问道。

"你只要找张椅子坐下就行了。我们有真正的咖啡。你要加奶吗？我不记得你的习惯了。"

"要，"本特利说，"谢谢。"他拉开一把椅子，心情低落地坐下。

"别那么沮丧嘛，"劳拉对他说，"看看你马上要吃的东西。你现在不和茱莉一起住了吗？我打赌你肯定都是在外面餐馆里吃饭。他们只卖那种可怕的变异藻合成食物。"

本特利把玩着手上的刀叉。"你们这儿挺不错的。"他说道，"上一次见你，你还住在财团的宿舍里。你们那时还没结婚。"

"记得你和我住一起的时候吗？"劳拉开始切捆着烤肉卷的麻线，"我记得，我们一起住了不到一个月。"

"将近一个月。"本特利附和道，回忆起了过往。他稍稍放松了一些。热乎的食物传来阵阵香气，客厅灯光明亮，对面坐着一位美丽的夫人。这一切都让他感到温馨。

"那时你还效忠'飞鸟-弦琴'呢。你的评级也还没丢。"

艾尔出现了。他坐下来，展开餐巾，满心期待地搓着手。"闻起来太香了，"他大声说道，"我们开动吧。我饿死了。"

他们吃饭时，旁边的电视一直絮絮叨叨地播放着。屏幕闪烁的光涌进客厅。本特利心不在焉，有一搭没一搭地听着劳拉和艾尔的聊天。

"……测评主持卡特赖特宣布解雇两百名总局员工，"广播员说，"给出的理由是 b.s.r.①"

"恶性危险分子，"劳拉啜饮着咖啡，低声说道，"他们总是这么说。"

---

① Bad security risk 的缩写，意思是恶性危险分子。

播音员继续说:"……大会筹备如火如荼。已经有数以十万计的申请正涌向大会董事会和威斯汀豪斯财团的办公室。前任测评主持里斯·韦里克已同意处理繁复的技术细节,以便开启十年来最激动人心、最壮观的挑战赛……"

"你说得对,"艾尔说,"韦里克死死地霸着财团系统。他会推动这整件事。"

"老法官沃灵还在董事会吗?"劳拉问他,"现在他肯定已经有一百岁了。"

"他现在还在董事会里。他不会辞职,除非他死了。那个老不死的家伙!他该让路了,让年轻人接手。"

"但他清楚挑战的方方面面,"劳拉说,"他把这一切都抬上了道德高地。我还记得我还在上学、是个小姑娘的时候,测评主持下台了。就是特别搞笑、讲话结结巴巴的那个。接替他的是个好看的年轻人——挑战他的刺客。那个黑头发刺客成为了优秀的测评主持。就在那时,老法官沃灵成立了董事会管理大会,像基督教神话里的耶和华一样。"

"而且他有胡子。"本特利说。

"长长的白胡子。"

电视机里的播音员换了。画面里出现的大礼堂吸引了大家的视线。礼堂里大会正准备开始。座位已经摆好,董事会成员坐在巨大平台上的审议席上。人们来回穿行;礼堂里人声鼎沸,充斥着愤怒和喧哗。

"想想,"劳拉说,"我们坐在这儿静静地吃晚饭,而与此同时,这些重大的事情正在发生。"

"这些事跟我们可差着十万八千里。"艾尔漠不关心地说。

……里斯·韦里克悬赏一百万金币,这推动了大会的筹备进程。统计学家表示申请数量已创下历史新高,而且人数还在不断增加。人人都渴望尝试整个星系中最英勇的角色。这一角色要承担最大的风险,也能赢得最丰厚的奖赏。今晚,九大行星,六十亿人的目光都盯着威斯汀豪斯财团。谁会是第一个刺客?这里有这么多优秀的申请者,他们代表了不同评级和不同财团,谁将率先尝试获得百万金币,赢得整个文明的掌声?

"你呢?"劳拉突然对本特利说,"你为什么不提交申请? 你现在又没有任务。"

"这不是我的风格。"

劳拉笑了,"那就让它变成你的风格。义尔,我们不是有他们推出的大尺寸录影带吗? 记录了过去所有成功的刺客,讲他们的生平事迹,放给泰德看看。"

"我已经看过了。"本特利直截了当地回答。

"你小时候难道没梦想成为一名成功的刺客吗?"

劳拉陷入回忆,棕色眼睛变得迷离,"我记得当时特别恨自己是个女孩儿,因为那意味着我长大后无法成为刺客。我买了很多护身符,但它们都没能把我变成男孩。"

艾尔·戴维斯把空盘子推开,心满意足地打了个嗝,"我能把皮带解开吗?"

"当然。"劳拉说。

艾尔松开了皮带,"真是一顿美餐,亲爱的。我不介意每天都这样吃。"

"实际上,你介意。"劳拉喝完咖啡,优雅地用餐巾轻拭嘴唇,"还要咖啡吗,泰德?"

……专家预测第一位刺客有百分之七十的概率杀死测评主持卡特赖特并赢得前任测评主持里斯·韦里克给出的百万金币奖金。不到二十四小时前,瓶子出人意料地转动了,导致这位前任测评主持下台。如果第一位刺客失败,那么预测家认为第二位刺客赢得奖金的概率是百分之六十。根据演算,卡特赖特两天后将会更好地控制军队和探心军团。对于刺客来说,速度比方法更重要,尤其是在开始阶段。而在后期,情况会因为……

　　"有很多人开了私人赌盘。"劳拉说。她满意地向后仰倒,手指间夹着一支香烟,对本特利微笑,"再遇见你真是太好了。你会把你的东西搬到法本来吗? 你可以和我们住一段时间,直到找到一个像样的地方。"

　　艾尔说:"以前有不少好地方,现在都被非客占了。"

　　"他们到处游荡。"劳拉赞同道,"泰德,你还记得合成研究实验室附近那些好地方吧? 那些新的住宅单元楼,那些粉色和绿色的楼? 现在非客住在那儿。想也知道,那儿变得破烂不堪,又脏又臭。简直就是耻辱。他们怎么不报名去集中营? 那才是他们该去的地方,而不是在这里闲晃。"

　　艾尔打了个呵欠。"我困了。"他从桌子中央的碗里挑了一个椰枣,"椰枣。这是什么鬼椰枣?"他细嚼慢咽,"太甜了,哪颗行星来的? 金星? 这东西吃起来跟金星的浆果差不多。"

　　"小亚细亚的。"劳拉说。

　　"居然是地球上的。谁做的?"

　　"没人,这是天然的果子。棕榈树上的。"

　　艾尔不敢置信地摇了摇头,"神创造了无限多样性。"

　　劳拉很震惊,"想象你的同事听到你这么说,会怎么样。"

　　"让他们听。"艾尔伸了个懒腰,又打了个呵欠,"我不在乎。"

"他们可能会认为你是个基督徒。"

本特利缓缓地站了起来,"劳拉,我得走了。"

艾尔吃惊地站起来,"为什么?"

"我得去收拾我的东西,从'飞鸟-弦琴'那儿把东西拿过来。"

艾尔在他肩上重重地打了一拳,"法本会把东西送过来的。你现在是韦里克的仆役了——记得吗?给财团交通部门打个电话,他们会安排的。不要钱。"

"我宁愿自己做。"本特利说。

"为什么?"劳拉惊讶地问道。

"摔碎的东西会少一点儿。"本特利拐弯抹角地回答道,"周末我会租辆出租车,把东西装上。我觉得他周一前都不会找我的。"

"这我可说不好,"艾尔深表怀疑,"你最好尽快把东西拿过来。有时候韦里克会突然想找一个人,一旦他要找你……"

"去他的韦里克。"本特利说,"我偏要慢慢来。"

他离开桌子,留下旁人茫然、震惊的表情。他的胃里装着精心烹饪的温暖食物,但头脑中却是一片虚无缥缈,像是被坚硬又酸涩的果皮包裹着的……他也不知道该如何形容了。

"你不能那么说。"艾尔说。

"我就是那么想的。"

"你知道吗?"艾尔说,"我觉得你太不现实了。"

"也许吧。"本特利找到自己的外套,"谢谢你的晚餐,劳拉。真的非常美味。"

"你听起来可不怎么真心。"

"我没有。"本特利回答,"你在这儿有个温馨的小地方,很舒适,很方便。我希望你们都过得开心。我希望不管我是怎么想的,你的烹饪都能让你拥有这样的感觉。"

"会的。"劳拉说。

播音员说:"……从地球的各个角落来了一万多人。沃灵法官宣布第一位刺客将在本次会议上选出……"

"就在今晚!"艾尔喊道,他满怀欣赏地吹着口哨,"韦里克不会浪费任何时间。"他摇了摇头,深感敬佩,"这个男人真是雷厉风行,泰德。你必须得佩服他这点。"

本特利蹲下来,关掉了电视机。流淌的声音和飞速闪现的图像都消失了,他站了起来。"你不介意吧?"他说。

"发生什么了?"劳拉支支吾吾地说道,"它怎么关了!"

"我把它关掉了。我厌倦了听到这个该死的声音。我不想听到大会还有和大会相关的消息。"

众人陷入了尴尬的沉默。

过了一会儿,艾尔犹豫地咧嘴一笑,"走之前喝一杯怎么样？它会让你放松点儿。"

"我很放松。"本特利说。他穿过房间来到透明的墙壁前，背对着劳拉和艾尔，忧心忡忡地望着外面的沉沉黑夜和闪烁在法本财团周围的万家灯火。在他的脑海中，形状和意象互相交织，形成变化万千却又同窗外景色相似的幻象；他可以关掉电视，可以让墙壁不透明，但不能叫停飞速运转的大脑。

"好吧。"劳拉最后对大家道，"我想我们不会看挑战大会了。"

"在你这辈子剩下的时间中，你可以看回顾视频。"艾尔说道。

"可我现在就想看！"

"不过，离开始还有段时间。"艾尔习惯性地想平息矛盾，"他们还在测试设备。"

劳拉急急地呼了口气，绕过餐桌回到厨房。

水咆哮着跃入水槽；盘子像是发疯了一样互相撞击剐蹭。

"她生气了。"艾尔瞧出来了。

"是我的错。"本特利犹豫地说。

"她会缓过来的。你大概还记得以前的情况吧。说吧，如果你想告诉我哪儿出错了，我会全神贯注地听的。"

我应该说什么？本特利一时之间什么也想不到。"我去了巴达维亚，想参与大项目。"他说，"除了争权夺利、费尽千辛万苦踏着别人的尸体登上顶峰之外的事情。然而，我却又回到了这里

——我发自肺腑地想要尖叫。"他指着电视屏幕,"那些广告就像下水道里亮闪闪的臭虫。"

艾尔·戴维斯郑重地伸出一根胖乎乎的手指,"一周之内,里斯·韦里克就会回到一号位置上。他的钱会帮他选出好刺客。这个刺客宣誓效忠于他。一旦他杀死卡特赖特,那个位置就回到韦里克手上了。你丫就是太没耐心了。等一周,伙计。一切都会恢复成原来那样——说不定还会更好。"

劳拉出现在门口,她不再愤怒了。现在她的脸上充满了暴躁和焦虑,"艾尔,我们能不能调到大会的频道?我能听到邻居电视的声音,他们现在正在选刺客!"

"我会打开电视的。"本特利疲惫地说,"不管怎么说,我真得走了。"他蹲下来,按了电源开关。电视机迅速升温;他踏出前门时,从他背后传来狂躁的尖叫声。成千上万人的铿锵欢呼声自他身后碾过,接着融入寒冷的黑夜。

"刺客!"电视机里的人尖叫着。此刻他正沿着黑暗的小道往下走,双手插在口袋里,"他们正在上交他的名字——我马上就向你们公布。"欢呼声在狂喜中越来越高;像大海的滚滚波涛,瞬间盖过了播音员的声音。"佩里格,"播音员的声音传来,在骚乱中他提高了嗓门,"众望所归——这是整个星球的愿望。刺客是基思·佩里格!"

5

一缕冷灰色的光芒默默地滑到泰德·本特利面前。车门向后打开,一个清瘦的身影走出来,走进寒冷的黑夜。

"谁呀?"本特利问道。风吹过戴维斯家门前树上湿润的枝叶。天气清冷,远处聚会活动的声音空荡荡地回响着。在黑暗中,法本财团的工厂依然热闹繁忙。

"老天,你到底上哪儿去了?"他耳边传来焦虑的女低音。一个女孩儿的身影出现了。

"韦里克一小时前就派人来找你了。"

"我就在这儿。"本特利回答。

埃莉诺·史蒂文斯从阴影中快步走出。"飞船降落后,你就该和我们保持联系。他很生气。"她紧张地看了看周围,"戴维斯在

68

哪儿？在里面？"

"当然。"本特利心中腾起一股怒气，"这到底怎么回事儿？"

"别激动。"女孩的声音冷冷的，就像天空中闪烁的寒星一样，"去里面接上戴维斯和他的妻子，我会在车里等你。"

本特利推开前门走进亮着黄光的温暖客厅，艾尔·戴维斯惊奇地看着他。"他要见我们。"本特利说，"告诉劳拉，他也想见她。"

劳拉坐在床边，正在脱凉鞋。艾尔走进卧室，她飞快地把卷起的裤脚放平。"来吧，亲爱的。"艾尔对他的妻子说。

"出什么事儿了？"劳拉迅速地跳起来，"怎么了？"

他们仨走进寒冷的黑夜，穿着大衣和沉重的工靴。埃莉诺启动了汽车的发动机，车子摇摇晃晃地向前倾斜。"进去吧。"艾尔喃喃道，帮劳拉在黑暗中找到了一席之地，"能开灯吗？"

"不开灯你也能坐下。"埃莉诺回答道。她关上车门；汽车溜到了马路上，瞬间加快了速度。黑暗中的屋子和树木一闪而过。突然间，嗖的一声，感觉不妙，车子从路面上飞起。它轻快地掠过路面，在一排高压线上飞出一道弧线。几分钟后，车子越来越高，飞过一大片建筑和街道，它们像杂草一样寄生在法本财团周围。

"这是要干什么？"本特利问道。有个磁力抓斗抓住了车身，把车子放在了下面闪烁的建筑下。车身随之抖了抖。"我们有权知道。"

"我们将举行一个小型派对。"埃莉诺带着一丝微笑说,说话时她那深红色的薄唇几乎没有动过。她把车子卡进凹形锁,最后停在一个磁盘上。她迅速地切断电源,打开车门。

"出去,我们到了。"

他们在埃莉诺的带领下,飞快地从一层走向下一层。鞋跟敲打着废弃的走廊地面。每隔一段距离,就有一些沉默的穿着制服的守卫站岗。他们面无表情,神情困倦,一副无所事事的模样,手上松松地握着突击步枪。

埃莉诺挥手打开双层密封门,轻轻点头,示意他们进去。他们迟疑地经过她身边,推开门走进房间,一股浓浓的香气环绕在他们身边。

里斯·韦里克背对着他们站了起来。他正笨手笨脚地操作着什么东西,看起来很生气。大批机械臂缓慢地移动,发出恼人的摩擦声。"这个破玩意儿到底怎么搞?"他怒吼道。破碎的金属相互摩擦,发出刺耳的声音,仿佛在抗议。"天哪,我好像把它弄坏了。"

"这里。"赫伯特·摩尔说道,从角落里一把低矮的宽椅上站了起来,"你的手太笨了。"

"你说得对。"韦里克咆哮道。他转过身来，如同一头巨大的驼背熊。他眉毛粗长，眉骨突出——坚硬，厚重，好战。三位客人手足无措地站在一起，他炽热的目光只瞟了他们一眼。埃莉诺·史蒂文斯解开大衣扣子，把衣服扔在豪华沙发后面。

"他们到了。"她对韦里克说，"他们在一起，玩儿得正开心。"她迈着长腿大步走了过来。她穿着丝绒长裤和皮凉鞋，站在火炉前，想让肩膀和胸口暖和点。在闪烁的火光中，她裸露的肌肤泛着深红的光芒。

韦里克无礼地转向本特利。"永远待在我能找得到你的地方。"他说话的语气极其轻蔑，"我身边再没探心军帮我用心电波找人了。找人变得不容易。"他突然对埃莉诺竖起大拇指，"她倒是跟了过来，就是能力欠缺。"

埃莉诺黯然一笑，什么都没说。

韦里克转过身来，对摩尔喊道："那破事儿到底搞定没有？"

"基本已经准备好了。"

韦里克哼了一声。"那这就算是庆祝吧，"他对本特利说，"虽然我也不知道有什么好庆祝的。"

摩尔在房里踱步，他自信满满，滔滔不绝，手里拿着一枚表面光滑的火箭模型，"有很多值得庆祝的。这是史上第一次由测评主持挑选刺客。佩里格不是被一帮老气横秋的家伙选出来的;他任凭韦里克调遣,一切都在韦里克的掌握之中……"

"你话太多了。"韦里克打断道,"你满口大话。这几件事里有一半都没有意义。"

摩尔欢快地笑了起来,"这是我的特点,探心军团也这么觉得。"

本特利不安地走开了。韦里克有点儿醉了。他像一只逃出笼子的熊,咄咄逼人,极为危险。他笨拙的动作背后却是敏锐的头脑,不会漏掉任何东西。

房间的天花板很高,是用古老的木板建造而成。木板可能来自某个老修道院。整个建筑和教堂很像,圆顶,带棱纹,屋顶是暗淡的琥珀色。屋顶下的石壁炉里火焰在咆哮着,经年的烘烤把粗大的柱子熏出了烧焦的痕迹。建筑里的一切事物都巨大而笨重,色彩浓厚。陈旧的烟灰把石头染成了黑色,笔直的支撑柱像树干一样粗壮。本特利碰到一块锃亮的镶板。木头被腐蚀了,但却出奇的光滑,仿佛一层朦胧的光在表面沉淀,并浸入了木料。

"这块木头,"韦里克注意到了本特利的动作,"来自一家中世纪的妓院。"

劳拉正在审视挂在铅封窗户上的那张重得跟石头似的挂毯。大壁炉的壁炉架上放着几个摔出了凹痕的杯子。本特利小心翼翼地拿下来一个。他手里的这个很笨重,是年代久远的厚边杯,分量重,设计简单,歪歪扭扭的,典型的中世纪撒克逊风格。

"再过几分钟,你们就会见到佩里格。"韦里克对他们说,"埃莉诺和摩尔已经见过他了。"

摩尔笑了起来,他的笑声短促又响亮,像一条凶恶的狗。他说道:"我见过他,挺好的。"

"他很可爱。"埃莉诺不咸不淡地说。

"佩里格正在巡游呢。"韦里克接着说道,"人们都在跟他说话,和他在一起。我想让每个人都看到他。我只打算派出一名刺客。"他不耐烦地挥挥手,"没必要无休止地一直派人。"

埃莉诺狠狠地瞪了他一眼。

"让我们把事情挑明,然后赶快搞定它。"韦里克大步走到房间尽头,一挥手打开了紧闭的两扇门。扑面而来的是音乐声、不断变换的光线,还有人们摇曳的身影。"进去,"韦里克命令道,"我会找到佩里格的。"

"喝一杯吗,先生或女士?"

一个面无表情的麦克米伦机器人带着托盘经过,埃莉诺·史蒂文斯从托盘上取下一个玻璃杯。"你喝吗?"她对本特利说,说完对机器人点点头,又拿了一杯。"尝尝,口感很滑。这种浆果生长在木卫四的向阳面,只在某种页岩的裂缝中生长。一年中只有一个月有。韦里克手下有个劳工营,专门负责采摘这个。"

本特利拿起玻璃杯,"谢谢。"

"振作点。"

"这是在干吗?"本特利问的是这些挤在这房子里窃窃私语、开怀大笑的人们。他们个个穿着讲究,颜色搭配各式各样;所有高级评级的颜色都能看到。"我本来以为会有音乐,然后他们会跟着音乐跳舞。"

"先前有晚宴和舞会。累死了,这都快凌晨两点了。今天发生了很多事情。瓶子转动,挑战大会举行,每一件都激动人心。"埃莉诺转过身,目光搜寻着什么,"他们来了。"

一阵紧张的沉默席卷了周围的人。本特利转过身,其他人也转了过来。他们都紧张地盯着里斯·韦里克走近,和他一起的还有一个人。后者穿着普通的灰绿色西装,身材苗条,手臂自然下垂,面无表情。他身后传来一连串声音;这之中有暗暗的感叹,也有赞赏和敬意。

"他在那儿。"埃莉诺磨了磨洁白的牙齿,两眼放光。她猛地抓住本特利的胳膊,"佩里格在那儿。快看!"

佩里格什么也没说。他的头发是稻草黄色,湿漉漉的,梳得锃光瓦亮。他长相平凡,几乎算得上没有任何特色。这个沉闷而又寡言的人被高大的韦里克推着向前,走过聚精会神的人群。在韦里克身边,人们几乎都看不到他了。过了一会儿,他俩都淹没在绸缎长裤和曳地长袍中,本特利身边热烈的讨论又重新开始了。

"过会儿,他们会过来的。"埃莉诺说,她冷得发抖,"我觉得他看着挺瘆人的,是吧?"她飞快地朝本特利露出笑容,双手紧紧地抓住他的手臂,"你觉得他怎么样?"

"没给我留下任何印象。"远处,韦里克被一群人包围着。人群发出一声整齐的呼声。在这之中,赫伯特·摩尔热情洋溢的声音异常明显。他又在滔滔不绝了。本特利心里来气,走开了几步。

"你要去哪儿?"埃莉诺问。

"回家。"这个词不由自主地从他口中溜了出来。

"你到底是什么意思?"埃莉诺苦笑着问,"亲爱的,我现在没法探心了。探心能力,我全丢了。"她撩起自己火红的头发,露出耳朵上方的两个闭环。那两个铅灰色的斑点衬得她的皮肤越发光滑白皙。

"我不懂。"本特利说,"那是你与生俱来的能力,一种独一无二的天赋。"

75

"你讲话好像威克曼。如果我和军团在一起,就不得不用我的能力来对付里斯。除了离开,我还有别的选择吗?"她眼中有深深的痛苦,"你知道吗,真的没了,感觉就像是被蒙住了双眼。那之后,我尖叫痛哭了好长一段时间。我没法面对,整个人都崩溃了。"

"那你现在怎么样?"

她颤抖着挥挥手,"我会熬过去的,总之,能力是没办法恢复了。所以,就这么着吧,亲爱的。喝你的酒,放轻松。"她和他碰了碰杯,"这酒叫甲烷风,我猜木星大气里有甲烷。"

"你去过殖民地星球吗?"本特利问道。他嘬了口琥珀色的液体,很烈,"你见过警察巡逻后的劳工营和寮屋殖民地吗?"

"没有。"埃莉诺回答得简单明了,"我从来没离开过地球。十九年前,我出生在旧金山。记得吗,所有的心灵感应能力者都来自那儿。终极之战中,利弗莫尔①的大型研究设施遭到了苏联导弹的袭击。存活下来的人都被严重辐射。我们都是厄尔和韦尔纳·菲利普斯家族的后代。整个探心军团都是有血缘关系的。我从小就为成为一名探心军接受训练:这是我的宿命。"

房间的一端开始响起模糊的音乐。一个音乐机器人将乐曲、和谐的色彩和光影随机组合起来。这些混杂的元素飞快地

①美国加利福尼亚州西部城市。

闪过,精微至极,让人难以分辨。一些情侣慵懒地舞动起来。一群人聚集在一起,愤怒地大声争论着。他们的只言片语传进了本特利的耳朵。

"他们说,得在六月搬出实验室。"

"你会让猫穿裤子吗?简直不人道。"

"拼命升得这么快有必要吗?就我个人而言,我还是希望留在原来的负C-级"。

在对开门边,几个人正在寻找他们的披肩,接着又走开了。他们面无表情,眼神空洞,疲惫和厌倦让他们嘴角松弛。

"这时候就像这样。"埃莉诺说,"女人溜达到化妆间。男人们开始争论。"

"韦里克做了什么?"

"你马上就会听到的。"

韦里克深沉的嗓音盖过了其他人,他主导了讨论。渐渐地,四周的人都不说话了,开始认真听。韦里克和摩尔越说越起劲,越说越大声男人们聚拢过来,一个个神情严肃,面容紧绷。

"我们是自作自受,"韦里克断言,"供大于求和劳动力富余之类的问题,其实并不真实存在。"

"这话怎么说?"摩尔问道。

"整个系统都是人造的。二战初期,几个数学家发明了M博弈游戏。"

"你的意思是'发现'吧。他们认为社会系统就和策略游戏一样,比如扑克。扑克游戏中起作用的系统在社会生活中也会有用,就像商业或战争。"

"概率游戏和策略游戏有什么区别?"劳拉·戴维斯问道。她和艾尔站在一起。

摩尔听了有点儿生气,他回答说:"完全不是一回事。在概率游戏中,不存在蓄意欺骗;而在扑克游戏中,每个玩家都虚张声势,给假线索,用话语误导他人,挤眉弄眼让其他玩家猜不出他真正的处境和意图。玩家一整套迷惑他人的伎俩,让其他人做出愚蠢的选择。"

"你的意思是明明手里一把烂牌,却偏要说自己有好牌?"

摩尔无视了她,转向韦里克。"你能否认社会就像策略游戏一样运作吗?'极大极小值算法'就是个很好的理论。它用合理科学的方法打破所有策略,将策略游戏转化为概率游戏。这样一来,精确科学的常规统计方法就能起作用。"

"都一样。"韦里克喃喃地说,"这个该死的瓶子毫无理由地把一个人赶下台,再随机挑个混蛋、疯子上台,根本不考虑他的能力和评级。"

"当然!"摩尔激动地大叫,"我们整个系统是建立在'极大极小值算法'之上的。瓶子迫使每个人要么玩转'极大极小值'游戏,要么就等着被压扁;我们被迫放弃欺骗,采取理智的行为。"

"这种随机抽选没有任何理性可言。"韦里克生气地回答,"随机运作的机器怎么可能理性?"

"随机正是整体理性模式的一项功能。因为是随机抽选,没人能制定策略。它迫使所有人都用随机的方法:最好的方法是分析某一特定事件发生的统计学概率,再加上任何计划都会被提前发现的悲观假设。假设你知道计划事先会被发现,就能提前规避被发现的危险。如果你随机采取行动,你的对手就找不到任何关于你的信息,因为你也不知道自己会做什么。"

"所以我们都是一群迷信的傻瓜。"韦里克抱怨道,"每个人都试图解读信号和预兆。每个人都试图解释双头牛和白鸦群。我们都依赖随机概率;我们失去控制力,因为我们做不了计划。"

"周围有探心军,你怎么做计划呢?探心军完全满足'极大极小值算法'的悲观预期:他们能发现所有的策略。一旦你开始玩策略,就会被他们发现。"

韦里克指着自己的宽阔胸膛。"我脖子上没挂娘们分分的护身符。没有玫瑰花瓣、牛粪,也没有煮过的猫头鹰唾沫。你如果懂我,就会发现我玩的是能力。不是概率,也不是策略。我从不遵循那些抽象理论,我靠经验做事。"他竖起了自己的大拇指,

"见机行事是种能力，而我有。"

"能力也是概率的一种体现。它是凭直觉充分利用概率。你一把岁数了，经历过各种情况，已经能提前知道务实的做法……"

"那佩里格呢？这是策略，不是吗？"

"策略涉及欺骗，而在佩里格这件事上，没人会被欺骗。"

"荒谬！"韦里克咆哮道，"你为了不让军团知道佩里格的事儿，都要把自己累垮了！"

"那是你的主意。"摩尔气得脸通红，"我当时就说过，我现在也这么说：让他们知道好了。因为他们什么也做不了。如果我有办法，我明天就会在电视上宣布。"

"你这个该死的傻瓜，"韦里克咆哮道，"你当然会这么做了！"

"佩里格是不可战胜的。"当着所有人的面被羞辱，摩尔感到很生气，"结合'极大极小值算法'的本质，我从瓶子的转动机制出发，推导出了一个……"

"闭嘴，摩尔。"韦里克低声斥道，然后转过身去，"你说得太多了。"他走开几步，人们急忙为他让出通道，"这个随机的玩意儿该结束了。有这个东西在，你没法计划任何事！"

"这就是我们需要它的原因！"摩尔在他后面大喊。

"不，这是要扔掉它、摆脱它的原因。"

"你不能控制'极大极小值算法'。它就像引力；它是定律，实实在在的定律。"

本特利走了过来,听他们说话。"你相信自然定律?"他问道,"一个像你这样的8-8级?"

"这家伙是谁?"摩尔咆哮着,愤怒地瞪着本特利,"我们讨论的时候,你插嘴干什么?"

韦里克的声音又高了一些,"这是泰德·本特利,也是8-8级的,和你一样。我们刚拉他入伙。"

摩尔脸都白了。"8-8!我们再也不需要8-8级了!"他的脸上泛出丑陋的蜡黄色,"本特利,你是被'飞鸟-弦琴'开除的人。一个废物。"

"没错。"本特利平静地说,"然后我就直接来这儿了。"

"为什么?"

"我对你正在做的事情很感兴趣。"

"我在做什么关你屁事儿!"

"好吧,"韦里克对摩尔嘶吼道,"要么闭嘴,要么滚!不管你愿不愿意,本特利从现在开始将和你一起工作!"

"除了我,谁都不能进这个项目!"摩尔的脸上流露出憎恨、恐惧和十足的嫉妒,"如果他连'飞鸟-弦琴'那样的三流财团都待不下去,他就没资格……"

"走着瞧,"本特利冷静地说,"我忍不住想要看看你的笔记和文件。我很乐意回顾你的工作。事情听起来和我想要的不谋而合。"

"我想喝一杯。"韦里克喃喃地说,"我还有很多事要做,要站在这里谈很久。"

摩尔最后看了一眼本特利,眼神中满是愤恨,然后跟在韦里克身后匆匆离去。随着门被甩上,他们的声音渐渐地消失了。人们移开视线,没精打采地聊起天来,接着慢慢地散开了。

埃莉诺略带苦涩地说:"好吧,这就是我们的老大。好一场大戏,不是吗?"

6

　　本特利有点儿头疼。嘈杂喧嚣的声音持续不断,鲜亮耀眼的服饰和晃动的身躯交错。地板上扔满了踩扁的烟头和纸屑;整个房间一副乱糟糟的样子,仿佛正在向下坍圮。头顶上的灯发出刺眼的光,不断地变换着形状和亮度,刺得他眼睛生疼。一名男子被推搡过来,狠狠地撞上了他的肋骨。一名年轻女子靠在墙上,双唇间叼着一根烟;她脱下凉鞋,如释重负地揉着泛红的脚趾。

　　"你在想什么?"埃莉诺问他。

　　"我想走。"

　　埃莉诺熟练地领着他穿过流动的人群,走向其中一个出口。她边走边啜饮着饮料,说道:"这一切看似毫无意义,但实际上是有作用的,韦里克能……"

赫伯特·摩尔挡住他们的去路。他脸色沉郁,透出诡异的红色。他身边是脸色苍白、沉默寡言的基思·佩里格。"你在这儿呢!"摩尔模糊不清地咕哝着。他走路摇摇晃晃,杯子里的液体跟着不停地晃动。他盯着本特利,厉声宣布道:"你得参与进来。"他猛地推了佩里格的背一把,"这是世上最大的盛事。而这位,是世界上活着的人中最重要的。本特利,睁大双眼,看清楚!"

佩里格什么也没说。他冷冷地凝视着本特利和埃莉诺,瘦削的身体因放松而显得柔软。他身上几乎没有颜色。他的眼睛、头发、皮肤,甚至是指甲,都漂白了,近乎透明。他外表一尘不染,干净卫生。他无色、无味、无臭,像个无关紧要的路人甲。

本特利伸出了手,"你好,佩里格。握个手吧。"

佩里格和他握了握手。佩里格的手很凉,有些湿润,毫无生气,也没有力量。

"你觉得他怎么样?"摩尔迫切地问,"他是不是个人物? 是不是转盘出现后最伟大的发现?"

"韦里克呢?"埃莉诺说,"佩里格不该在他的视线之外。"

摩尔的脸色更难看了,"笑话! 谁……"

"你喝多了。"埃莉诺眼神犀利地四处张望,"该死的里斯,他可能还在和别人争论。"

本特利呆滞而痴迷地看着佩里格。他那一脸冷漠的样子，瘦削的身形，无精打采的性冷淡神情和雌雄难辨的模样，实在是有些膈应人。佩里格手里居然连玻璃杯都没拿。他什么都没喝。

"你没喝酒？"本特利脱口而出。

佩里格摇了摇头。

"为什么不喝？尝尝甲烷风。"麦克米伦机器人带着托盘经过，本特利在托盘上摸索玻璃杯；三个杯子落在地上，打碎在机器人的滑行踏板下，液体飞溅出来。机器人立刻停了下来，开始细致地清理和打扫。

"给。"本特利把杯子推给佩里格，"吃吃喝喝，快快活活。明天就有人要死了，不过肯定不是你。"

"够了。"埃莉诺凑到他耳边打断他。

"佩里格，"本特利说，"成为职业杀手的感觉怎么样？你看起来不像职业杀手。你什么都不像，甚至连人都不像。你肯定不是人吧。"

剩下的人开始聚拢。埃莉诺愤怒地拽着他的手臂，"泰德，算我求你！韦里克过来了！"

"放手！"本特利甩开她，"我的袖子！"他用麻木的手指掸了掸袖子，"我就剩这么一件了；只给我留了这么点儿东西。"他盯着基思·佩里格茫然的脸。脑海中有个声音在不停地咆哮；鼻子和喉咙感到阵阵刺痛。"佩里格，谋杀一个你从没见过的人是什么感觉？一个从没害过你的人？一个无害的疯子。他只是不小心挡住了好些大人物的路。只不过是个暂时的瓶颈……"

"你什么意思？"摩尔嘟哝着打断了他的话，语气中充满威胁和令人费解的愤怒，"你是暗示佩里格有什么问题吗？"他阴恻恻地笑着，"佩里格可是我的兄弟。"

韦里克从旁边的房间走了出来，推开挡在面前的人。"摩尔，把他带走。我叫你上楼。"他粗暴地挥开人群，走向对开门，"派对结束了。走吧。需要的时候会联系你们的。"

人们分散开来，不情愿地走向出口。机器人为他们找出外套和披肩。他们三五成群地四处徘徊、聊天，好奇地看着韦里克和佩里格。

韦里克抓住佩里格。"走吧，上楼去。哎呀，这么晚了。"他踏上宽阔的楼梯，佝偻着背，顶着乱蓬蓬的头发，头转向一边，"欸，就算这样，我们今天也算完成了很多事。我要睡了。"

本特利努力稳住身形，在他背后大声说道："瞧，韦里克，我有个主意。你为什么不自己去杀卡特赖特呢？不需要中间人。这样更科学。"

韦里克出乎意料地嗤笑了一声。他继续往前走，丝毫没有放慢速度。"我明天再跟你谈,"他回头说,"回家睡觉吧。"

"我不回家。"本特利固执地说,"我来这里是为了了解所谓的策略。我要一直待在这儿,直到我搞清楚。"

韦里克在第一级台阶前停下了,他转过身,棱角分明的大脸盘上露出怪异的神色,"什么?"

"你听到了。"本特利说。他感到房间正在倾斜移动,于是闭上眼睛,双脚分立,保持平衡。他再抬起头时,韦里克已经上了楼,埃莉诺·史蒂文斯正疯狂地拽他的手臂。

"你这个傻瓜!"她尖叫起来,"到底怎么回事儿?"

"他是个讨厌鬼。"摩尔也有些步履不稳。他把佩里格推向楼梯,"最好让他滚,埃莉诺。再不走,他怕是要把地毯都吃了!"

本特利感到困惑不已。他麻木地张开嘴巴,却发不出声音。"他走了。"最后,他终于说道,"他们都走了,韦里克和摩尔,还有那个苍白得像蜡一样的家伙。"埃莉诺把他领到旁边的房间中,关上门。房间很小,一半都在阴影里,房间的边缘隐匿在朦胧的黑暗里。她颤抖着点燃一根烟,气急败坏地吸了一口,烟从张大的鼻孔里冒出来,"本特利,你这个疯子。"

"我喝醉了,都怪这杯卡里斯坦甲虫汁。听说得有一千个奴隶在甲烷大气中出力出汗,甚至死亡,韦里克才喝得到这杯威士忌,这是真的吗?"

"坐下。"她把他推倒在椅子上，就在他面前绕着圈踱步，动作僵硬紧绷，仿佛提线木偶，"一切都分崩离析。摩尔为佩里格感到非常自豪，忍不住拉他出来炫耀。韦里克无法适应自己下台了；他以为自己身边还有探心军能帮他把控一切。天哪！"她转过身，痛苦地把脸埋在手中。

本特利没能理解她的意思，只好看着她。她再次抱紧自己，悲伤地揉着肿胀的双眼。"我能做点儿什么吗?"他带着希望问道。

阴影中有一张矮桌，埃莉诺在桌上找到一个装满冷水的醒酒器。她在椅子上找到一个陶瓷浅盘，里面装满小巧的硬糖。埃莉诺倒空了盘子，往盘了里倒满水。她快速地泼湿了脸、手和胳膊，然后从窗框上扯下一块绣花布擦干。

"来吧，本特利。"她喃喃道，"我们离开这里吧。"她摸黑走出了房间，本特利挣扎着站起来，跟在她身后。房间里都是韦里克的东西，笨重的大型雕像、玻璃箱。在铺着黑色地毯的楼梯上，还有在墙角，几个机器人仆人正一动不动地等待着指示。埃莉诺袒胸露乳的小巧身形，像幽灵一样穿梭在这些朦胧的事物间。

他们来到一片空旷的地方，这里被笼罩在阴影中，一片漆黑，布满灰尘。埃莉诺等他追上自己。"我要去睡觉了，"她直截了当地说，"如果你愿意，你可以一起。你也可以回家。"

"我的家散了,我没有家了。"他跟在她后面穿过走廊,期间经过了一连串半开着的门。灯光时隐时现。他听到了一些声音,自认辨认出了其中一些。男人的声音中混杂着昏昏欲睡、模糊不清的女人的咕哝声。埃莉诺突然消失了,只剩他独自一人。

朦胧中,他看到远处有摇摇晃晃的影子在动,他只能摸索着前行。突然,他猛地撞上了什么。那东西像冰雹一样砸下来,碎在他脚边。他惊呆了,又闯祸了,他傻傻地站在那儿。

"你在这儿干吗?"一个声音严厉地问道。那是赫伯特·摩尔,他就在附近某个地方。他的脸忽然闪现,忽明忽暗像个幽灵,悄无声息,还看不见他的身子。"你不属于这里!"声音突然冒出来,那张发红浮肿的脸占满了本特利的视野,"从这儿滚出去! 去你该去的地方! 你这个三流废物。8-8级? 别搞笑了,谁说你……"

本特利狠狠地揍了摩尔。摩尔的脸被他打扁了,鲜血四溅,骨头破碎,彻底毁了。有什么东西撞到本特利身上,他被打倒了。他被一个滚动的、流着口水的大个子掐住了脖子,动弹不得。他奋力起身,挣扎着想要抓住结实的东西。

"放手,"埃莉诺焦急地低声说,"你们两个,求求你们了! 给我安静点儿!"

本特利不动了。在他旁边,摩尔喘着粗气,擦了擦自己挂彩的脸。"我会杀了你,你这个讨厌鬼,混蛋。"他痛得直抽气,怒吼道,"你会后悔打我!"

下一件他记得的事,就是他坐在低矮的地方,弯腰摸索着自己的鞋子。他的外套扔在面前的地板上。而他的鞋子软塌塌地躺在地上,两只鞋子之间有一大片奢华的地毯。没有声音;整个房间寂静无声,冰冷刺骨。一盏昏暗的灯在遥远的角落闪烁。

"锁上门。"埃莉诺的声音从耳边传来,"我觉得摩尔肯定精神错乱了,或者不知哪儿出了问题。他在外面的大厅里,像个狂暴战士一样拖着脚四处走动。"

本特利找到门,锁上了老式的手动螺栓。埃莉诺正站在房间中央,向后抬起脚,小心地松开了她的凉鞋绑带。本特利在一旁静静地看着,敬畏又惊讶地看着她踢掉了凉鞋,拉开了裤子拉链,脱下裤子。有那么一瞬间,她赤裸的脚踝在灯光下闪闪发亮。小腿白得发光;眼前的画面令他目眩,不受控制,他只好紧紧地闭上眼睛。她苗条的身体线条,小巧的骨架,视线随着她细腻光滑的双腿到她的膝盖,然后就是她的内衣……

接着他绊倒了,她伸出手拉他。湿漉漉的手臂,晃动的乳房,坚实挺立的深红色乳头,都近在他眼前。她喘着气,颤抖着,双臂紧紧地锁住他。他脑中翻腾起咆哮声;他闭上眼睛,顺从地放任自己沉醉在这股洪流中。

　　过了很久,他醒了。房间里异常冰冷,什么动静都没有。没有声音,也没有生命的气息。他僵硬地挣扎着起来,困惑不解,脑海中只剩下模糊的片段。透过敞开的窗户,灰蒙蒙的晨光透进来,一股寒冷的阴风吹进来,鞭打着他,感觉冷飕飕的。他退了几步,又停住,想让自己镇静下来。

　　地上横七竖八地睡着几个人,到处都是散乱堆着的衣服和被子。他在地上伸展开的四肢、半遮半掩的手臂、洁白的大腿间摇摇晃晃地走着,被眼前的景象吓呆了。他认出了埃莉诺,她侧靠在墙上,一只手臂伸出,纤细的手指弯曲着,双腿在身下蜷起,微张的嘴不安地呼吸着。他继续徘徊,突然愣住了。

　　灰暗的晨光照出了另一个人的脸庞和身躯。那是他的老朋友艾尔·戴维斯。他正平静而又满足地躺在他熟睡的妻子的怀抱中。他们两人紧紧地抱在一起,对身边的一切全无察觉。

　　再向前走一点儿,还有更多的人。有些人打着鼾,鼾声陆陆续续吵醒了一些人。有一个人在哼哼,无力地摸索着被子。他的脚踩碎了玻璃杯;深色的液体混着碎片流了一地。前面的另一张脸看上去很熟悉。是谁呢?男性,深色头发,长得挺英俊……

　　这是他自己的脸!

　　他被一扇门框绊了一下,发现自己正站在灯光昏黄的大厅里。恐惧袭来,他不假思索地跑起来。他悄无声息地赤脚穿过了铺着地毯的走廊。那走廊看不到尽头,空荡荡的。他走过了灰色的石窗,走过几段似乎永无止境的台阶,没发出半点儿声响。他又跌跌撞撞地来到房子的角落,发现自己进入了一间凹室,一面高大的镜子堵住了他的路。

镜子里有一个身影晃来晃去。泛黄的如水般的镜子里瞬间映出一个空虚乏味的卑微形象。他静静地凝视着,看着自己蜡黄的头发、干巴巴的嘴唇和无神的双眼。他双臂无力地搭在两侧;一个怯懦苍白的家伙正恍惚地眨着眼,无声无息地看着他。

他尖叫起来,镜子里的人消失了。他冲进灯光昏暗的走廊,赤裸的双脚飞快地掠过布满灰尘的地毯。他什么都感受不到了。巨大的恐惧侵袭了他,引领着他。这恐惧像个尖叫着的横冲直撞的怪物,猛地冲上了房屋高大的穹顶。

他伸着胳膊,无声无息地穿过墙壁和嵌板,进进出出空荡荡的房间,穿过空无一人的通道。这个鲁莽恐惧的人绝望地穿梭着、奔跑着,敲打着铅封的窗户,徒劳地想要逃跑。

他猛地撞上了砖砌壁炉。他筋疲力尽,精神崩溃。他无助地扑向布满灰尘的柔软地毯。他困惑地躺了一会儿,接着磕磕绊绊地站起来,又疯狂地奔跑起来,漫无目的,左冲右突,他将双手挡在脸前,双眼紧闭,嘴巴大张。

前面有声音。一道灼热的黄色灯光从半开的门透过来。房间里几个男人坐在一张桌子边,桌上放着录音带和报告。一盏阿充尼克灯在中间燃烧。这灯像一个稳定的微型太阳,发出温暖的光,让他昏昏欲睡。这些作家身边摆满了咖啡,他们低声讨论着作品。这里还有一个身形高大,有着宽大溜肩的男人。

"韦里克!"他对那人大喊,他的声音微弱、单薄,因虚弱而颤抖,"韦里克,帮帮我!"

里斯·韦里克愤怒地抬起头,"你想要什么?我很忙。这必须在我们开始行动前完成。"

"韦里克!"他尖叫起来,惊恐万分,心惊胆战,"我是谁?"

"你是基思·佩里格。"韦里克烦躁地回答,用一只巨大的手擦了擦额头,把磁带推开,"你是大会挑出来的刺客。还有不到两个小时,你就要工作了,你得准备好。你有工作要做。"

7

埃莉诺·史蒂文斯从灰蒙蒙的大厅里走出来,"韦里克,这不是基思·佩里格。把摩尔叫过来,让他自己说。他这是在报复本特利;他俩刚打起来了。"

韦里克睁大眼,"这是本特利?那个该死的摩尔!他有没有脑子!成事不足,败事有余。"

本特利慢慢地清醒过来。"能解决吗?"他喃喃地说。

"他刚刚晕过去了。"埃莉诺细声细气地说道。她穿着休闲裤和凉鞋,大衣披在肩上。她面无血色,深红色的发丝细长而干枯,"他不可能头脑清醒地完成这一切。叫个实验室医生进来把他送回去。别想着趁此机会搞小动作。什么都不要跟他讲,先让他回去。他现在没法承受这些,你懂吗?"

摩尔来了，浑身颤抖，惊恐万分。"没造成任何伤害。我有点儿操之过急了，仅此而已。"他抓住了本特利的胳膊，"来来来，马上把事情理清楚。"

本特利挣脱他。他从摩尔那儿脱身后，审视起自己陌生的手和脸。"韦里克，"他说道，声音单薄而空洞，"帮帮我。"

"我们会解决的。"韦里克粗暴地说，"会好的。医生来了。"

韦里克和医生合力抓住他。赫伯特·摩尔颤巍巍地移开了几步，不敢靠近韦里克。埃莉诺靠在桌边，疲倦地点了一支烟，抽起来。与此同时，医生把针扎进本特利的手臂，挤压针筒。当黑暗向他袭来，他听见韦里克那深沉的声音变得模糊，最终消失。

"你该杀了他，要么就别去惹他；而不是像现在这样。你以为他会忘了这些吗？"

摩尔应了几句，但本特利没有听到。黑暗彻底降临，他人事不知。

埃莉诺·史蒂文斯遥遥地开口道："你知道的，里斯不太了解佩里格到底是个什么东西。你们注意到了吗？"

"他什么理论都不懂。"摩尔闷闷不乐，还有些气愤。

"他用不着理解理论。他可以雇无数聪明的年轻人帮他，哪还需要自己费这个工夫？"

"我猜你说的是我。"

"你为什么跟着里斯？你不喜欢他。你俩不对付。"

"韦里克能给我的研究砸钱。如果没有他的支持，我就倒大霉了。"

"等一切尘埃落定，里斯会得到回报的。"

"这不重要。看，我拿了麦克米伦的论文，里面讲了他在机器人领域做的所有基本研究。这些研究最后造出了什么？就是些傻不拉几的巨人、名不副实的真空吸尘器、火炉、小型升降机。麦克米伦的想法错了。他只想造能抬东西的大型机械，这样一来非客就能躺下来睡大觉，就不会有非客成为奴隶或工人。麦克米伦是亲非客派的。他的评级搞不好都是在黑市买的。"

突然传来了动静：人们醒了、起身、四处走动，还有玻璃杯碰撞的声音。

"他们在找苏格兰威士忌和水。"埃莉诺说。

接着传来坐下的声音。一个男人如释重负地叹了口气，"真是个累人的晚上。今天我要早点儿睡。整整一天都浪费了。"

"这是你自己的错。"

"他会留下来的。为了老好人基思·佩里格，他一定会的。"

"你不能去执行任务，你现在的状况，根本不可能。"

摩尔的声音中充满了愤慨。"他是我的，不是吗？"

"他属于整个世界。"埃莉诺冷冰冰地说，"你嘴上说得头头是道,可你根本没发现你正在把我们拖向危险的深渊。每往后推一个小时,那个狂想家的生存概率都更大。要不是你突然发狂,为了报一己之仇,把所有事搅得一团乱,卡特赖特应该已经死了。"

到了晚上。

本特利醒了,他坐起来,惊讶地发现自己身强体壮,头脑清醒。房间晦暗不明,只有一束光熠熠生辉。房间里有一个小小的发光点,他发现那是埃莉诺的烟头。摩尔坐在她旁边,双腿交叉,手里拿着一杯威士忌,面色阴郁,难以捉摸。埃莉诺迅速站起来,打开桌上的台灯,"泰德?"

"几点了?"本特利问道。

"刚刚八点半。"她走到床边,双手插在口袋里,"你感觉怎么样?"

他双脚颤颤巍巍地踏在地板上。他们用一件式样常规的睡袍把他包了起来。他的视线范围内,都没有他自己的衣服。"我饿了。"他说。突然,他攥紧拳头,疯狂地打了自己的脸。

"是你。"埃莉诺平静地陈述事实。

本特利站立着,两腿在身下不停地颤抖,"那太好了。之前发生的一切是真的?"

"是真的。"她伸手去摸她的烟,"还会有第二次的。不过下次你会做好准备。你,和另外二十三名年轻有为的人。"

"我的衣服呢?"

"找衣服干吗?"

"我要离开这儿。"

摩尔飞快地站起来,"你不能走出去,面对事实吧。你知道了佩里格的本质——你以为韦里克会放过你吗?"

"你们违反了'挑战大会'的规定。"本特利在旁边的橱柜里找到了自己的衣服,把衣服摊在床上,"一次只能派出一名刺客。有了你的技术,看上去就像是只有一名刺客,但是……"

"别那么快下结论,"摩尔说,"你还没完全参透。"

本特利解开睡袍,扔在一边,"这个佩里格谁也不是,是个综合体。"

"没错。"

"佩里格就像一辆车。你往车里塞满各种高级智囊,然后驾着车开往巴达维亚。卡特赖特会死,然后你把佩里格的一切付之一炬,没人会知道。你会结清这些高等级思想的费用,再把他们送回工作岗位,就像我一样。"

摩尔被逗笑了,"我也希望我们能这么做。事实上,我们尝试过。我们一次性往佩里格的身体里塞了三个人。结果是一团乱。每个人都朝不同的方向行动。"

"佩里格本身有没有人格?"本特利边穿衣服边问道,"等所有思想都撤出来之后,会发生什么?"

"佩里格会变成我们口中的植物人,他没有死,但退化成了一种原始的存在。身体仍在持续运转,类似于半麻醉状态。"

"昨晚在聚会上,又是什么支撑他的呢?"

"我实验室里的一个官老爷。就像你看到的,是个很消极的人。能起作用的人格大抵都是如此。佩里格是个不错的媒介:所表现出来的没有什么扭曲和偏差。"

本特利陷入了回忆之中,他说:"可我在他身体里时,觉得佩里格就在那儿,和我在一起。"

"我也是一样的感受。"埃莉诺冷静地表示同意,"我第一次尝试时,总感觉裤管里有一条蛇。那是幻觉。你第一次有这种感觉是什么时候?"

"我看镜子的时候。"

"试试不照镜子。你觉得我会是什么感觉? 好歹你还是个男的。对我来说太难了;我不建议摩尔尝试使用女性操作者。吓死人了。"

"你们不会不打声招呼就把人塞进去的,对吧?"

"我们已经建立了一支训练有素的队伍。"摩尔说,"在过去的几个月里,我们尝试了几十个人,大多数人都崩溃了。进入几小时后,他们就会患上一种古怪的幽闭恐惧症。他们希望逃离它,就像埃莉诺说的,仿佛身边有什么黏糊糊、脏兮兮的东西。"他耸耸肩,"我没这种感觉,我觉得他非常美。"

"你们现在有多少人?"本特利问道。

"有几十个人能扛得住,你的朋友戴维斯就是其中一个。他的人格很正面:冷静,随和。"

本特利浑身一紧,"所以他得到了新评级,也因此通过了测验。"

"参加这事的人,每个人都上升了一级。当然,我们是从黑市买来的。据书里克说,你也是知道内情的。这没有听起来的风险那么大。如果事情有变,有人开始怀疑佩里格,不管谁在里面,都会立刻被撤回。"

"那么,这就是我们的方法——"本特利像是在对自己解释,"车轮战。"

"我倒要看看,他们怎么才能证明挑战违规。"摩尔神清气爽地说,"我们已经让法务人员梳理了前因后果。他们没法找我们的茬。法律规定一次只能出一个刺客,刺客由公共会议选出。基思·佩里格就是由公共会议选出的,而且绝不会有更多的佩里格出现。"

"我不明白这背后的目的是什么?"

"你会明白的。"埃莉诺说,"要说背后的原因,摩尔有一个很长的故事要讲。"

"等我先吃点东西。"本特利说。

他们三人沿着铺着厚地毯的大厅缓缓地走向餐厅。本特利在门口愣住了;佩里格平静地坐在韦里克旁边,他面前放着一盘小牛排和土豆泥,毫无血色的苍白嘴唇正对着一杯水。

"怎么了?"埃莉诺问。

"里面是谁?"

埃莉诺冷漠地耸了耸肩,"一名实验室技术人员。它里面二十四小时都有人;越熟悉它,我们成功的机会就越大。"

本特利走向离佩里格更远的那一端。它蜡一般的脸色仿佛一只刚出壳的昆虫,还没被太阳晒干、晒硬,这让他很不舒服。

然后那种感觉又来了。

"听,"他用嘶哑的声音说,"好像有事要发生了。"

摩尔和埃莉诺·史蒂文斯互相瞥了一眼,"放松点儿,本特利。"摩尔说。

"我飞起来了。我离开了地面。我不只是在奔跑。"他的声音突然升高,带着惊恐,"我遭遇了什么。我持续不断地飞着,像幽灵一样。直到撞上壁炉。"他擦了擦额头,没有瘀青,也没有伤痕。

当然不会有。那是另一具身体。

"谁能解释一下,"他嘶哑地问道,"我刚刚怎么了?"

"和重量非常轻有关。"摩尔说,"佩里格的这具躯体比自然人体更敏捷。"

埃莉诺插话道:"在你进入佩里格身体之前,他可能喝了下了药的鸡尾酒。他们在派酒;我看到几个女的拿了酒。"本特利的脸上露出了明显的怀疑神色。

韦里克粗哑的声音打断了他们。"摩尔,你擅长抽象问题。"他把一堆金属箔推到了摩尔那儿,"我一直在研究我们的机密报告——关于卡特赖特这个疯子的磁带。没什么重要信息,这让我很担忧。"

"为什么?"摩尔坐下来,问道。

"首先,他有自己的权力卡。对于一个非客来说,这很不寻常。人们在一生中用到P卡①的概率微乎其微,所以它完全没有价值……"

"在统计学上总是有可能性的。"

---

① P卡也是指权力卡。

韦里克轻蔑地哼了一声,"瓶子是有史以来最大规模的骗局。这个该死的东西就是个乐透,世界上人人都有一张彩票。你只有六十亿分之一的概率被抽中,为什么要保留着这张卡?这个机会可能永远不会到来。非客很聪明,如果财团没收走他们的卡,他们也会自己卖。现在一张卡能值多少钱?"

"大概两块钱,以前还要贵些。"

"好。但是这个卡特赖特却留着,而且这还不是全部。"韦里克的大脸上闪过一个狡猾的表情,"根据我的报告,卡特赖特上个月至少买了六张P卡。"

摩尔坐直了,"讲真?"

"也许,"埃莉诺若有所思地说,"卡特赖特终于找到了一种行之有效的护身符。"

韦里克咆哮起来,仿佛一头被刺伤的牛。"瞎说瞎说!那些该死的、傻了吧唧的混蛋护身符。"他狠狠地捅了一下女孩裸露的乳房,"那是什么玩意儿,你挂了一袋蟪蜮眼睛在这儿?拿掉!丢了!简直就是浪费时间。"

埃莉诺微微一笑;大家都习惯了韦里克的怪癖;他不相信幸运护身符。

"还有什么?"摩尔问道,"还有别的信息吗?"

"瓶子转动那天,普雷斯顿社团召开了一次会议。"韦里克的指节泛白，"也许他已经找到了我一直在找寻的东西。大家都在寻找破解瓶子的方法，寻找内幕消息，想要预测它未来的动向。如果卡特赖特那天真是坐在那里等着通知到来……"

"那你会怎么做？"埃莉诺问。

韦里克沉默了。他面容扭曲、神情古怪，那痛苦的样子吓了本特利一跳，其他人也都呆住了。突然，韦里克把注意力转回到他的盘子上，其他人也迅速回神，效仿起来。

他们正吃着，韦里克推开咖啡杯，点了一支雪茄。"听着，"他对本特利说，"你说你想知道我们的策略，我马上就告诉你：一旦探心官锁定了刺客的想法，刺客就被吃透了。军团绝对不会放过刺客；一环扣一环，刺客的思想会从一个探心官手上传到另一个那儿。不管他想到什么，他们立刻就会知道。任何策略都没法奏效。他一直被窥探着，直到他们感到无聊，把他揍到吐血。"

摩尔插嘴道："这就是为什么探心军逼我们采用'极大极小值算法'。我们对心灵感应无计可施：只能随机采取行动。你必须不知道自己接下来要做什么。你必须闭上眼睛，盲目奔跑。问题是：你怎样才能将策略随机化了，却能朝着自己的目标前进？"

"过去的刺客，"韦里克继续说，"试图找出随机做决定的方式。普林板帮了他们大忙。但事实上，是普林板决定了刺杀的策略和方式。袖珍木板上可以出现各种随机组合，借由它做出各种复杂的决策。刺客扔木板,读数字,然后根据预先的协议行事。探心军事先不知道木板上会出来什么数字。他们知道的不比刺客多。

"但是这还不够。刺客们用了M游戏的策略,却还是输。输的原因是探心军也在玩这个。而他们有八十个人,他却独身一人。从统计学上来说,他肯定出局了。刺客能闯进测评主持办公室的情况,很久才会遇到一次。德法拉就做到过,他随机翻开了吉本①的《罗马帝国衰亡史》,并对那页上的信息进行了复杂的运用。"

"佩里格显然就是最终的答案。"摩尔突然说道,"我们有二十四颗不同的头脑。他们之间没有任何联系。这二十四个人分别坐在法本的某个房间里。每个人都与实施机器相连。在随机的时间间隔内,我们随意选择不同的思维。每个人都已经有了一套完备的策略。没人知道间隔多久下一个思维会出现,出现的又是哪个的思维。没有人知道哪种策略、哪种行动模式将要开始。探心军都无法预测佩里格这具躯体在瞬息之间会做些什么。"

----

① 爱德华·吉本(Edward Gibbon, 1737—1794),近代英国杰出的历史学家,影响深远的史学名著《罗马帝国衰亡史》一书的作者,18世纪欧洲启蒙时代史学的卓越代表。

本特利对这位无情的、逻辑严谨的技术人员感到非常钦佩。他认可说："这主意不赖。"

"你看，"摩尔自豪地说，"佩里格是海森堡的随机粒子①。探心军可以追踪他的路径：直奔卡特赖特。但他们既跟不上他的速度，也没人知道基思·佩里格会在什么时候出现在那条路上。"

_____

① 海森堡于1927年提出不确定性原理，这个理论是说，你不可能同时知道一个粒子的位置和它的速度。

8

埃莉诺·史蒂文斯的公寓位于法本财团的高端住宅区,房间宽敞大气。本特利用赞许的目光四处打量。埃莉诺关好门,走过去打开灯,开始整理东西。

"我刚搬来。"她解释说,"一团乱。"

"摩尔在哪里?"

"这栋楼的某处吧,我猜。"

"我以为你和他住一起。"

"现在不了。"埃莉诺把半透明过滤器放下来,遮住了公寓的观景墙。夜空中寒星闪烁,星星点点地照亮了财团,现在它们渐渐黯淡下去。埃莉诺瞥了他一眼,有些尴尬,说道:"跟你说实话吧,我现在一个人住。"

"对不起。"本特利尴尬地说,"我不知道。"

埃莉诺耸耸肩笑了，目光炯炯，嘴唇微微颤抖，"乱得很，是吧？我和摩尔同居过，后来换了个技术研究人员，是摩尔的朋友，再后来是个计划委员会的。记得吧，我是个探心者。大多数非探心者都不会和探心者同居，然而我和军团又一向不对付。"

"但你现在已经不是了。"

"确实是。"她在房里漫步，双手插在口袋里，突然严肃起来，陷入了沉思。

"我觉得我浪费了自己的生命。在我还有心灵感应能力的时候，我什么也感受不到；这意味着我必须接受军团训练，或者被送到消除探头那儿。我签署了免参加劳工营的协议……我没有评级，这你知道吗？如果韦里克抛弃了我，我就完了。我没法回到军团，而且也没法通过测验。"她哀怨地看着本特利，"我现在单身一人，你对我的看法会不会不一样？"

"完全不会。"

"像现在这样风雨飘摇，我觉得真他娘的可笑。"她的手势僵硬，"我已经没有退路了，只有靠自己。这对我来说，是个可怕的磨难，泰德。我必须追随韦里克；他是唯一一个让我感到完全安全的男人，但为此我必须脱离我的家庭。"她悲伤地看着他，"我讨厌独自一人。我很害怕。"

"别怕。当他们是个屁！"

埃莉诺浑身发抖，"我做不到。那样你要怎么活下去？你必须依靠某个人，某个强大的人，某个可以照顾你的人。这是个寒冷的世界，这世界充满了绝望、怨恨和冰冷。你知道如果你放弃挣扎、随它去，会发生什么吗？"

"我知道。"他点点头，"他们会把这些人一批批打包送走，一次就送走几百万。"

"我想，我本该留在军团，但我讨厌军团。窥探、偷听，总是能知道别人在想什么。你不是作为独立的个体真正地活着。你只是集体有机的一部分。你没法真正去爱，也没法真正去恨。除了工作，你别无所有。甚至连工作都不是你的。你和其他八十个人、那些像威克曼一样的人共享这份工作。"

"你想独自生活，但你害怕。"本特利说。

"我想成为我自己！但并非想孤身一人。我讨厌早上醒来，却发现身旁空无一人。我讨厌回到空荡荡的公寓。一个人做饭，吃晚餐，为自己打扫卫生。到了晚上，自己打开灯，拉下窗帘，看电视。只能那么干坐着，胡思乱想。"

"你还年轻，你会习惯的。"

"我不会习惯的！"她突然激动了起来，"当然了，我比某些人做得好。"她撩了撩她那标志性的火红色头发，碧绿的双眼蒙上一层薄雾，显得璀璨而狡黠，"从十六岁起，我和很多男人同居过。我都记不清有多少个了。我像遇到你一样遇到他们,要么通过工作,要么通过聚会,有时是通过朋友。我们同居一阵子,然后就吵架。总会出点问题,从来没持久过。"她颤抖起来,恐惧的神色又回来了,来势汹汹、戾气十足,"他们走了! 他们停留一段时间,然后就走了,他们让我失望。或者说……是他们抛弃了我。"

"这种事时有发生。"本特利应道。他沉浸在自己的想法里,几乎没听见她说了什么。

"总有一天,我会找到那个人的。"埃莉诺急切地说,"我会的,不是吗? 我才十九岁。作为一个十九岁的人,我做得算可以了吧? 要不了多久就能找到。韦里克可是我的保护人:我可以一直依靠他。"

本特利突然反应过来,"你是在邀请我和你同居吗?"

埃莉诺脸红了,"那,你愿意吗?"

他没有回答。

"怎么了?"她急切地问道,眼神悲伤又迫切。

"跟你没有关系。"本特利转过身背对她,走到半透明的观景墙旁。他把墙重设为透明,"财团到了晚上看起来很漂亮。"他说道,说话间目光忧郁地注视着外面,"但光看现在这样子,根本没法知道它实际上是什么样的。"

"忘了财团!"埃莉诺又调回了半透明模式,"和我没关系?那就是韦里克的原因。我知道,是里斯·韦里克。哦,我的天。那天你那么热切,你闯进办公室,紧紧地抓着你的公文包,仿佛那是你的贞操带。"她微微一笑,"你特别兴奋,像个终于到了天堂的基督徒。你等了那么久……你想要的太多。你身上有一种特别的吸引力。我总想看到你。"

"我想离开财团系统,我想要去更好的地方,去总部。"

"总部!"埃莉诺乐了,"那是什么?不过是虚无缥缈的东西。你以为总部是怎么组成的?"她急促地喘息,眼睛睁大,脉搏加快,"是真正的人。不是机构,也不是办公室。你怎么能忠诚于一个具体的东西?那里迎来送往,人员不断变换。你能保持忠诚吗?为什么要效忠它?效忠什么?都是你的执念!你想忠于一个词语,一个机构名字,而不是一个有血有肉的人。"

"它不只是这些。"本特利说,"它不仅仅是办公室和办公桌,它还代表着其他东西。"

"代表什么?"

"它高于我们所有人,比任何人或任何群体都要重要。而且,从某种意义上来说,它代表我们所有人。"

"它谁也不是。你的朋友是一个特定的人,不是某种等级,也不是某种职业,对吧?你不会把4-7这个等级当作你的朋友,对吗？你睡了一个女人，那是个特定的女人，不是吗？宇宙中其他的一切都崩溃了……一切陷入不断变换、毫无章法、漫无目的的灰色混沌，你压根儿摸不着头脑。唯一确定的就是人；你的家人、朋友、情人、保护人。你可以触碰到他们，亲近他们……他们是有呼吸的生命，他们温暖而真实。汗水、肌肤、毛发、唾液、呼吸、躯体。味道、触感、气味、颜色。天哪！必须有一些你可以抓住的东西！除了人之外，还有什么？除了你的保护人之外，还可以依赖什么？"

"靠你自己。"

"里斯照顾我！他很强大。"

"他是你的父亲，"本特利说，"我讨厌父亲。"

"你这个精神病。你有毛病！"

"我知道，"本特利表示赞同，"我是有病。我看到的越多，病情就越严重。我病得太重了，以至于我觉得其他人都有病，我才是唯一健康的人。这很糟糕，不是吗？"

"是的。"埃莉诺喘着粗气回答。

"我想让一切在混乱中分崩离析。但我没必要亲力亲为；它本身就在崩溃。一切都单薄、空洞、混乱、游离。博弈游戏、彩票——都是些聪明孩子的玩具！效忠誓言把一切联系在一起。四处充斥着待价而沽的职位、冷嘲热讽、奢侈、贫穷以及冷漠……

聒噪的电视持续不停地叫嚣。一个人去谋杀另一个人,每个人都拍手叫好,拭目以待。我们的信仰呢?我们还拥有些什么?聪明的罪犯效忠于强大的罪犯。我们朝塑料半身像起誓效忠。"

"半身像是个象征。它可不出售。这是个没法买卖的东西。"她的绿眼睛闪烁着兴奋的光,"你知道的,泰德。这就是我们最宝贵的东西。我们之间的忠诚,保护人和仆役之间、男人和他的情妇之间的忠诚。"

"也许,"本特利慢慢地说,"一个人应该忠于理想。"

"什么理想?"

本特利的脑子拒绝给出答案。脑中的车轮、齿轮和杆子都卡住了。脑中不请自来地挤入了陌生且不可理喻的想法,整个大脑的运行机制都混乱了,令人难以忍受。这股洪流从何而来?他不得而知。"我们剩下的只有这些,"他最后说,"我们的誓言,我们的忠诚。这是让一切不至于坍塌的黏合剂。可它有什么价值?作用有多大?其实没什么作用。我们站在这里时,整个系统仍旧正在崩溃。"

埃莉诺气急败坏道:"才没有!"

"摩尔忠于韦里克吗?"

"不,所以我才离开他。他效忠自己和他的理论,只效忠这些理论和他——赫伯特·摩尔。"她胸膛上的护身符随着她的身体剧烈起伏,"我讨厌这个!"

"是韦里克不忠诚。"本特利小心翼翼地说。他试图估量女孩的反应。她脸色苍白,神色黯然。"而非摩尔。不要怪他,他决心得到一切能得到的东西。其他人也一样,里斯·韦里克也是。他们中的任何一个都会抛弃自己的誓言来换取更多的战利品、更多权力。这是登顶之争。他们都在努力往上爬——没有什么能阻挡他们。当所有的底牌都翻出来,你会知道忠诚有多么微不足道。"

"韦里克永远不会违背誓言!他不会让依靠他的人失望!"

"他已经违背了。让我宣誓时,他就违背了道德准则。你是知道的,你当时把我弄糊涂了。我是真诚地宣誓就职。"

"哦,我的天。"埃莉诺疲倦地说,"你永远都忘不了,对吧?你觉得自己被当傻瓜糊弄了,所以你生气。"

"不止这些。别骗自己了。让我气愤的是这件事暴露出的糟糕又脆弱的社会结构。总有一天你会发现的。我已经看清楚了,做好了充分的准备。在一个由游戏、测验和暗杀组成的社会里,你还有什么好期待的?"

"不要责怪韦里克。挑战制度很久之前就建立起来了。那时瓶子系统和M博弈游戏规则都设置好并开始运作了。"

"但韦里克甚至不尊重M博弈游戏的规则。他想用佩里格策略来打败它。"

"会成功的,不是吗?"

"也许吧。"

"那么,你有什么好抱怨的? 这难道不是最重要的事情吗?"埃莉诺激动地抓住他的手臂,"来,把这些都忘了吧。你太杞人忧天了。摩尔说得太多,而你担心得太多。享受生活吧,明天是个大日子。"

她倒了一杯酒,也给本特利倒了一杯。他坐在沙发上闷闷地啜饮着酒。埃莉诺坐在他旁边。在房间昏暗的光线中,女孩红色的头发闪耀着光泽。她将双腿蜷在身下,耳边铅灰色的印记已有些褪色,但还隐约能看见。她靠在本特利身上,闭着眼,涂着红色指甲油的手指握着杯子。她轻声说:"我要你告诉我。你会和我们一起去吗?"

本特利沉默了一会儿,终于说:"会。"

埃莉诺叹了口气,"谢天谢地,我很高兴。"

本特利俯下身,把酒杯放在矮桌上,"我发过誓。我宣誓效忠韦里克。我别无选择,除非违背自己的誓言,临阵脱逃。"

"是的,你立下了誓言。"

"我从没违背过自己的誓言。儿年前,我就受够了'飞鸟-弦琴',但我也没想逃走。我可以那么做;我愿意冒着被捕和被杀的风险。法律赋予了保护人决定逃跑仆役生死的权利,这我可以接受。然而我不认为可以违背誓言,不论是保护人还是仆役。"

"我以为你觉得这种结构摇摇欲坠了。"

"是的,但我不想加速它的崩溃。"

埃莉诺放下玻璃杯,将光滑裸露的双臂绕在他的脖子上,"你曾过着什么样的生活? 你做过些什么? 你和很多女人同居过吗?"

"几个吧。"

"她们都什么样?"

本特利耸耸肩,"各种各样。"

"她们好吗?"

"我觉得还行。"

"最后一个是谁?"

本特利回想了一会儿。"几个月前,一个名叫茱莉的7-9级的女孩。"

埃莉诺的绿眼睛专注地看着他,"跟我说说她是什么样的。"

"娇小,漂亮。"

"和我很像?"

"你的头发更好。"他摸了摸女孩柔软的火红色头发,"你的头发很好看,还有眼睛。"他紧紧地把她抱在怀里,抱了很久,"你很好。"

女孩紧紧地攥住双乳间的护身符。"一切都将顺利。会有好运的,非常好的运气。"她起身吻他的嘴;他们耳鬓厮磨,她的脸温暖、紧致。接着,她躺了下去,深深地叹息一声,"会很顺利的。我们所有人都在一起,共同努力。"

本特利什么都没说。

过了一会儿,埃莉诺从他身上起来,点燃了一支烟。她坐在那里,认真地看着他,双臂交叉,下巴高昂,眼睛大睁,神情庄重。"你的未来不可限量,泰德。韦里克很看重你。昨晚你说那些话的时候,我其实很害怕。但他喜欢。他尊重你;他觉得你挺有能耐。他是对的。你身上确实有一种独特而强大的东西。"她忧伤地继续道,"天!多希望我能探你的心。但能力消失了,真的消失了。"

"韦里克知道你放弃了这么多吗?"

"韦里克还有更重要的事情要考虑。"她的声音突然兴奋起来,"不过,说不定明天我们就回归原样了!一切都会回归正轨,回到你本来期待的那样。这样不是很好吗?"

"我想是的。"

埃莉诺放下烟,迅速靠过去吻他,"你真的会和我们在一起吗?你真的会帮助操控佩里格吗?"

本特利微微点头,"是。"

"那么一切都完美了。"她贪婪地注视着他的脸,朦胧中她的绿色眼睛因兴奋而炽热。她的呼吸急促而粗重,仿佛他的脸上散发着香甜,"这房间还好吗? 够大吗? 你要带的东西多吗?"

"不多。"本特利说。他似乎被某种枯燥而沉重的东西笼罩了,显得无精打采,"这挺好的。"

埃莉诺心满意足地叹了一口气,从他身上滑下来,轻巧地擦了擦玻璃杯。她关上灯,高兴地靠在他身上。房间里唯一的光源是她放在铜制烟灰缸里的烟头。女孩的头发和嘴唇似乎散发着如火焰般的深色光芒。她的乳头在暮光中显得微微发亮。过了一会儿,有一层光均匀地铺在埃莉诺的身体上,勾得本特利转过身面对她。

他们满脸餍足,慵懒地躺在皱巴巴的衣服中,身体沐浴在满溢的爱中。埃莉诺伸出光溜溜的胳膊去拿剩下的烟头。她把烟举到唇边,凑近本特利的脸,朝着他的眼睛、鼻子和嘴呼气——那性满足的气息异常甜美。

"泰德,"她低声说,"你有我就够了,不是吗?"她往上蹭了蹭,娇躯颤抖,"我知道我有点儿娇小……"

"你很好。"他含糊地说。

"你现在有没有更想和记忆中的谁在一起?"她没等到回答,接着说,"我的意思是,也许我不是很擅长,对吧?"

"不，你太谦虚了。"他闷声说道，声音显得很空洞。他躺在她身上，一动不动，毫无生气，"正好。"

"那你到底是怎么了？"

"没什么。"本特利说。他挣扎着站起来，没精打采地离开了她，"我只是累了，我想回去。"他的声音突然暴躁起来，"就像你说的，明天是个大日子。"

9

　　里昂·卡特赖特正在和丽塔·欧奈尔、彼得·威克曼共进早餐。这时,伊普维克接线员突然通知他,飞船的闭路通信系统已接通。

　　"对不起。"格罗夫斯船长说。他们虽然面对面,却相隔了数十亿英里,"啊,那边还是早上。你还穿着那件老旧的蓝色睡衣。"

　　卡特赖特脸色苍白,面容憔悴。画面效果也不太好;距离太远导致画面抖动,颜色暗淡。"你到底在哪儿?"他犹豫着慢条斯理地问道。

　　"四十个天文单位以外。"格罗夫斯回答道。卡特赖特的形象让他十分震惊,但他不知道这是否要归咎于长距离传输造成的画面失真,"我们马上要进入未经测绘的宇宙空间了。我已经放弃了官方的导航图,换成了普雷斯顿留下的材料。"

飞船可能差不多走了一半了。如果火焰碟星真的存在,它的运行轨道向径①会是冥王星的两倍。第九颗行星的轨道已经是现有导航图所标注的极限。在那之外,是一片荒芜,人们对这里知之甚少,却抱有无限猜想。不久之后,这艘飞船将会通过最后的太空信号浮标,将我们所熟知的有限的宇宙抛在身后。

格罗夫斯说:"有些人想返航。他们意识到自己正在离开已知的星系。这是他们最后一次跳船逃脱的机会;如果他们现在不跑,就得一直跟到最后了。"

"有可能的话,多少人会跳船?"

"大概十个,可能更多。"

"少了他们,你还能继续航行吗?"

"那样的话,食物和供给会更加充足。康克林和他的女孩玛丽会留下来。还有老木匠杰雷迪、日本的配镜师傅、我们的喷气机司炉师傅……我觉得没问题。"

"对船没有影响的话,他们想跳就跳吧。"

"之前咱俩聊天的时候,"格罗夫斯说,"我没来得及恭喜你。"

屏幕上,卡特赖特扭曲的身体坐直了,略显疲惫,"恭喜我?好吧,谢谢。"

---

① 空间中点在坐标系中的矢量表示,即原点到某一点的矢量。

"真希望能跟你握手,里昂。"格罗夫斯把他的大黑手举到了伊普维克屏幕前。卡特赖特也做了同样的动作,他们的手指仿佛碰到了一起,"不过,到了现在,地球上的人应该已经接受了这个事实。"

卡特赖特脸上的肌肉抽搐着。"实际上连我自己都很难接受。一切就像一场醒不来的噩梦。"

"噩梦!你是指刺杀?"

"可不是嘛。"卡特赖特皱起眉头,"他应该在路上了。我就坐在这儿,等着他出现。"

通讯完成后,格罗夫斯把康克林和玛丽叫到控制舱,平静而简要地描述了当下的情况。"卡特赖特同意让他们跳船,真是照顾他们。晚餐时我会公布消息。"

他指着一个闪闪发光的表盘,"看到了吗?那个生锈的针尖开始移动了。从这艘船建好以来,这还是它第一次有反应。"

"我看不明白。"康克林说。

"这个不规律的运动模式其实是机器信号。我能把它转化成音频,这样你们就能认出来了。它是个标记,标出了导航图的边界。除了做深奥研究的科学远征船队,没有别的船走出过这个范围。"

"等我们确定碟星真的存在,"玛丽睁大眼睛说,"标记就失效了。"

"89年的远征船队一无所获。"康克林不安地指出,"他们拥有普雷斯顿的所有数据,知道他所做过的一切。"

"说不定普雷斯顿看到的是一条巨型太空蛇。"玛丽半开玩笑,半不安地揣测,"也许它会吞了我们,就像故事里说的那样。"

格罗夫斯坚定地看着她,"我会搞定导航。你们两个去监督救生艇的装载情况。这样一来,我们就能甩掉那些想跳船的人。你们现在睡在货舱里,是吧?"

"是,和其他人睡在一起。"康克林说。

"等救生艇出发了,你说不定能占个船舱睡觉。到时候大部分船舱都空了,任你挑。"格罗夫斯又酸酸地补充道,"恐怕到时候这艘船大部分都空了。"

货舱原本是医务室。他们俩仔细地清扫了每一寸地面。玛丽冲洗了墙壁和天花板,擦了地板,费劲地掸掉通风格栅上的灰尘。"这里金属沙砾不多。"她满怀期望地对康克林说,说话间她把垃圾扔到处理槽。

"这本来是给船员用的。"

"如果这艘船顺利着陆,说不定我们能把这里当作我们的永久住处。这比我地球上的家好多了。"她太累了,倒在了小铁皮床上,踢掉凉鞋,"你有烟吗? 我的抽完了。"

康克林郁闷地给了她一包,"就这些了。"

玛丽惬意地点燃烟,靠在床上,闭上眼,"这里很安静,没有人站在走廊里大喊大叫。"

"太安静了。我一直在想,外面是什么。位于星系之间的无人之境。天,好冷! 寒冷、寂静、死亡……说不定还有更糟的东西。这些就在外面,在我们周围。"

"别想了。我们应该保持忙碌,忘了这些。"

"说到底,我们毕竟不是那么狂热。找到人人都能移居的第十颗行星,看起来是个好主意。但当我们真的到了这儿……"

玛丽感到烦躁不安,问道:"你在生我的气吗?"

"我气我们所有人。一半人已经跳船了。我生气,因为格罗夫斯坐在控制舱,试图依靠一个疯子的神秘猜想,而不是准确的科学数据来定位航线。我生气,因为这是一艘老旧的矿砂船,马上就要分崩离析。"他接着说,"我生气,因为我们已经经过了最后一个标记点,而除了空想主义者和疯子,没有人来过这儿。"

"我们是哪种?"玛丽小声问道。

"总有一天,我们会知道的。"

玛丽羞涩地握住他的手,"即使我们没能到达目的地,我觉得这儿也已经超级棒了！"

"这儿？这个隔间？跟修道士的方室似的?"

"这点我同意。"她认真地看着他，"但这就是我以前想要的。我曾经漫无目的地四处游荡，到处寻找。游走于各色人等之间。我不想做陪床女……但我不知道自己到底想要什么。现在，我觉得我已经找到了。也许我不该告诉你——你肯定又会生气。为了让你喜欢我，我做过一个护身符。珍妮特·西布利帮了我，她特别擅长做这些。我想要你爱我，特别特别想。"

康克林笑了，倾身吻她。

突然，悄无声息地，女孩便不见了。他四周的空间，充斥着耀眼的白色火焰；什么都没有，只有翻滚着的炽热火焰。闪闪发光的白炽仿佛吞噬了宇宙中的所有形状和存在，所剩的只有它自己。

他退回去，跌倒在地，落入光线的海洋中。他哭了，哭得可怜巴巴。他想溜走，他挣扎，紧攥拳头，不住呻吟。他徒劳地摸索，寻找任何可以依靠的东西，但这里只有无尽的耀眼的光芒。

接着，有声音传来。

这声音发自他体内，然后迅速响彻耳周。这声音蕴含着一股纯粹的力量，令他震惊。他瘫软在地，胡言乱语，像婴儿一样蜷缩成一团。他困惑无助，四肢无力，被打回原形。那声音在他体内和周围轰鸣。这个充斥着声音和火焰的世界将他消灭殆尽。他看起来像是枯萎的残骸、烧焦的废墟,在充满了生命能量的地狱业火中被摧毁。

"地球飞船。"那个声音说,"你要去哪? 你为什么在这里?"

康克林原本无助地躺在地上,四肢摊开躺在火光汇成的河流之中,这声音震得他浑身一激灵。声音同涌动的火焰一样,是流淌的,然后像潮水似的渐渐退去。不管是身周还是体内,他都能感受到一股强大的原始能量在冲撞他。

"这里已经在你们的星系之外了。"那声音在他一片混沌的大脑中不停地回荡,"你们跑出界了,懂吗? 这里是居中空间,是你我两个星系之间的虚空地带。为什么你们走了这么远? 你们在寻找什么?"

在控制舱中,格罗夫斯的身心也被一股股怒火焚烧着,他拼命挣扎。他胡乱撞向导航台;仪器和航行图纷纷落下,在他周围像炽热的火花般不停地跳动。那声音说个不停,语气严厉至极。咆哮声中饱含傲慢,毫不掩饰自己对对话者的轻蔑。

"脆弱的地球人,竟然到这里来冒险。滚回你们自己的星系! 滚回你们那个秩序井然的小小宇宙,滚回那个严格的文明社会。离你们不熟的地方远点儿! 离黑暗和怪物远点儿!"

格罗夫斯无意中碰到了舱门。他无力地摸索着,从控制舱走向走廊。那声音再度响起,一股惊人的纯粹力量撞上他,把他推到了船舱壁上。

"我知道了,你在找星系的第十颗行星,那个传说中的火焰碟星。为什么找它,你想要什么呢?"

格罗夫斯惊恐地尖叫起来。现在,他知道了,这是什么。这个声音——普雷斯顿曾在书中提到过。格罗夫斯在绝望中获得了一线希望。引路的声音……他张嘴想说话,但轰隆隆的咆哮声野蛮地打断了他。

"火焰碟星是我们的世界,是我们穿越太空把它带到了这个星系,是我们将它安置在这里,永远绕着你们的太阳运转。你们没有权利动它。你们想干什么? 我们很好奇。"

格罗夫斯尝试直接袒露自己的想法。他试着在一瞬间,将自己的期望和计划、种族的全部需求、全人类的渴望等等通通表达出来。

"也许,"那个声音回答道,"我们会研究分析你们口头表达出来的想法……以及你们潜在的冲动。我们必须小心谨慎。只要我们愿意,完全可以烧了你们的飞船。"声音停顿了一下,又接着说,"不过不是现在。我们需要一点时间。"

格罗夫斯摸到了伊普维克通讯室。他摇摇晃晃地走向通讯机;通讯机被一圈白色的火焰包围着,形状模糊,看不真切。他的手指摸上电源:闭路通信设备自动锁定了频道。

"卡特赖特。"他气喘吁吁地说。深空中,无线电信号传到了冥王星上的总部监管器中,接着又传到了天王星。从一个行星到另一个行星,微弱的信号断断续续,不一会儿便传送到了巴达维亚的办公室。

"把火焰碟星放在你们星系是有原因的,"那个洪亮威严的声音继续说,它顿了一下,仿佛在和无形的同伴商量,"我们两个种族之间的交流,或许会使文化融合达到新的水平。"过了一会儿,它又接着说,"但我们必须……"

格罗夫斯弯腰趴在通信设备上。画面太模糊了;闪光刺瞎了他的眼,他什么都看不清楚。他热切地祈祷信号传输成功,祈祷远在巴达维亚的卡特赖特能看到他所看到的画面,听到他所听到的隆隆轰鸣,理解那些可怕却又让人满怀憧憬的话。

"我们必须研究你们,"这个声音继续说道,"我们必须更了解你们。我们不能很快决定。你们向火焰碟星行驶的途中,我们会做出决定,摧毁你们——还是引导你们安全到达火焰碟星,为你们的远征画上一个成功的句号。"

里斯·韦里克接到了伊普维克技术人员的紧急电话。"过来,"他怒气冲冲地对赫伯特·摩尔说,"是卡特赖特船上的窃听器。有条信息正传送回巴达维亚,肯定是重要信息。"

韦里克和摩尔坐在伊普维克技术人员为法本财团安装的视频记录仪前,目瞪口呆地盯着屏幕,不敢相信自己的眼睛。格罗夫斯小小的身影迷失在滚滚火焰中,他被汹涌的纯粹力量包裹着,渺小无助得如同一条小虫。从屏幕上方的音频播放器中,能听到轰隆隆的声音此起彼伏,不过数十亿英里的空间间隔扭曲减弱了这声音。

"……我们的警告,如果你忽视我们引领飞船的友好行为,试图自己导航,那么我们不敢保证……"

"那是什么?"韦里克声音嘶哑,面色苍白,一脸茫然,"是不是有人在暗中捣乱? 他们是不是发现了这个窃听器,想设局来扰乱我们的视线?"他开始发抖,"还是这真的是……"

"闭嘴。"摩尔咬牙切齿地说,他匆匆环顾周围,"机器里有录音带吗?"

韦里克点点头,目瞪口呆,"我的天啊,我们到底听到了什么? 传说和神话说外面有神奇的生物,但我从来都不信。我从没想过这居然是真的!"

摩尔检查了视频和音频记录仪,迅速转向韦里克,"你觉得这是超自然现象,是吗?"

"这是来自另一个文明的。"韦里克感到震惊和恐惧,声音都

129

在发抖，"太不可思议了。我们和另一个种族有了联系。"

"你不敢相信就对了。"摩尔挖苦道。信号传输一停止，屏幕立刻暗下去，只剩一片沉默的黑色。他抓起录像带，赶紧离开法本大楼，来到公共信息库。

不到一个小时，日内瓦测验研究机构的分析报告来了。摩尔一把抢过报告，带给了韦里克。

"看!"他把报告摔在韦里克办公桌上，"收到了信号，但我不确定是谁。"

韦里克疑惑地眨眨眼睛，"这是什么? 什么意思? 这个声音是……"

"是约翰·普雷斯顿。"摩尔露出诡异的神情，"他录讨《独角兽》的一部分，信息库把它全部记录下来了，还有可供比对的视频镜头。绝对不会错的。"

韦里克愣住了，"我不懂。解释一下。"

"约翰·普雷斯顿在那儿。他一直在等那艘飞船，现在他已经和船取得了联系。妈的，他会带他们去碟星。"

"但是普雷斯顿一百五十年前就死了!"

摩尔大笑起来，"别自欺欺人了。赶紧把地下墓室打开，你就懂了。约翰·普雷斯顿还活着。"

10

　　麦克米伦机器人漫不经心地穿梭在通道里检票。流线型的洲际火箭班船从头上飞过,锃亮的银色船体反射着仲夏火辣辣的阳光。低头看去,是一望无垠的太平洋。蔚蓝色的海洋永不褪色,在星球上恒久地闪烁着光芒。

　　"真的很美,"一个卷发年轻人对旁边座位上的漂亮女孩说,"我指的是海洋,海天相接。地球大概是整个星系中最美的星球。"

　　女孩放下便携式电视眼镜,突如其来的自然光让她忍不住眨了眨眼,有些疑惑地看向窗外。"是啊,很美。"她羞涩地承认。

　　她非常年轻,最多十八岁。她的胸部虽小却很挺拔;一头精心打理过的短卷发,长度刚好到她纤细的脖子,头发在阳光卜透出深橙色的光,那是近期最流行的发色。女孩脸红了,匆匆转头看向她的电视眼镜。

她旁边,那个神情温和、浅色眼瞳的年轻人拿出一包烟,取出一根,礼貌地把镀金的烟盒递给她。

她用长长的深红色指甲夹住烟,紧张地说:"谢谢。"声音在喉咙里打战。他为她掏出黄金打火机时,她又说了一遍:"谢谢。"

"你去哪儿?"过了一会儿,年轻人问道。

"去北京。我想,我在宋氏财团找了个工作。我的意思是,我收到了那边的面试通知。"她不安地翻着自己的小钱包,"我把通知放包里了。说不定你能帮我看看,跟我说说这是什么意思;他们用的法律术语有些我不太懂。"接着,她飞快地补充道,"当然,等我到了巴达维亚,沃特可以……"

"你有评级?"

女孩的脸更红了。"是的,11-76。不是很高,但聊胜于无。"她快速拂去刺绣丝绸围巾和右胸上的灰,"上个月,我刚拿到我的评级。"她犹豫了一下后问道,"你是不是也有评级了? 我知道有些人很敏感,特别是那些没……"

年轻人指了指他的袖子,"56-3。"

"你听起来非常……愤世嫉俗。"

那个年轻人笑了,笑声干瘪而沉闷。"说不定呢。"他温和地注视着女孩,"你叫什么?"

"玛格丽特·劳埃德。"她害羞地低下了眼睛。

"我叫基思·佩里格。"年轻人说,他的声音比之前更干更单薄。

女孩想了一下,"基思·佩里格?"一瞬间,她平滑的额头不自然地皱起,"我觉得我在哪儿听过这个名字,是不是?"

"可能吧。"那没有起伏的声音里带着嘲弄的意味,"这不重要,不用担心。"

"忘事儿总是让我很困扰。"既然知道了年轻人的名字,现在她可以放心畅聊了,"要不是和一个大人物同居了,我也拿不到我的评级。我们要在巴达维亚见面。"女孩老实的脸上露出骄傲的表情,这之中还混着一丝谦逊,"沃特帮我搞定了好多事儿。不然,我肯定做不到。"

"他可真是个好人。"基思·佩里格说。

麦克米伦机器人滑到他们身边,张开抓斗。玛格丽特·劳埃德迅速把票递了过去,基思·佩里格也一样。

"哈罗,兄弟。"佩里格悄悄跟机器人打了个招呼,然后接过机器人打完孔的船票。

机器人走后,玛格丽特·劳埃德问他:"你去哪儿?"

"巴达维亚。"

"出差?"

　　"我想应该是出差吧。"佩里格尴尬地笑了,"等我到了那儿,过段时间,说不定就把它当玩乐了。我的想法总在变。"

　　"你讲话奇奇怪怪的。"那个女孩说。她既困惑又害怕,这人只比她大一点儿,但高深莫测得吓到她了。

　　"我就是个奇怪的人。有时候,我都不知道自己要做什么,要说什么;有时候,我觉得自己很陌生;有时候,我会对自己做过的事感到惊讶,不明白自己为什么要那么做。"佩里格捻灭了手上的烟,点燃了另一根;他脸上讽刺的笑容褪去了,面色阴沉而苦恼。他的语速越来越慢,到最后,他是咬牙切齿地痛苦地吐出每一个字的。"强者才能享受生活。"①

　　"什么意思? 我从来没听过。"

　　"老漫画里的话。"佩里格的目光越过她,望向窗外的大海,"我们马上就到了。上楼来,我给你买杯酒。"

　　兴奋和恐惧让玛格丽特·劳埃德不住地颤抖。"没关系吗?"她受宠若惊,"我的意思是,我和沃特同居……"

　　"没关系。"佩里格说着站起来,闷闷不乐地走到过道上,双手插在口袋里,"我甚至能给你买两杯酒。如果我们上去后,我还知道你是谁的话。"

------

　　① 加拿大漫画家塞斯的漫画作品中的名句。

彼得·威克曼干了一杯西红柿汁,抖了两下,然后将分析结果推给早餐桌对面的卡特赖特,"真的是普雷斯顿,不是来自另一个星系的超自然生物。"

卡特赖特漫不经心地把玩着咖啡杯,手指发麻,"无法相信。"

丽塔·欧奈尔摸摸他的手臂,"他书里就是这个意思。他原本就计划在那里引导我们。就是用那样的声音。"

威克曼沉浸在思虑中。"我感兴趣的是另外一件事。就在我们打电话到信息库的前几分钟,他们接到了另一个电话,要求做同样的分析。"

卡特赖特挺身坐了起来,"什么意思?"

"不知道。他们说对方发了一份音频影像资料让他们分析,和我们后来发送的材料基本上是一样的。但他们不知道是谁送来的。"

"你没看出点儿什么?"丽塔·欧奈尔不安地问道。

"首先,他们其实知道是谁发了第一份信息申请,但他们没说。从这点上看,我能推测出不少东西。我想着,要不要派几个探心军,去那些负责当面信息申请工作的人那儿刺探一番。"

卡特赖特不耐烦地挥挥手,"算了吧。我们有更重要的事情要担心呢。佩里格有什么消息吗?"

这个问题出乎威克曼的意料，"只知道他应该已经离开法本财团了。"

卡特赖特脸都气抽搐了，"你没能和他连上吗?"

丽塔握住了卡特赖特的手，安慰他，"一旦他进入保护区，他们就能连上。佩里格还在外面呢。"

"我的天哪，你们就不能出去抓他吗? 你们就那么干坐着等他来?"卡特赖特疲倦地摇摇头，"对不起，威克曼。我知道你们已经经历过几千遍这样的事了。"

威克曼感到尴尬，但很大程度上并不是因为自己。他为里昂·卡特赖特感到尴尬。卡特赖特成为测评主持后，短短几天，他身上发生了翻天覆地的变化。

卡特赖特坐在那儿，不住地颤抖。他摩挲着手里的咖啡杯，看上去就是个惊恐万分的驼背老头儿。因为疲惫，他脸色苍白，满脸皱纹。他淡蓝色的眼睛闪烁着忧虑。他一次又一次地欲言又止，接着又改了主意，陷入沉默。

"卡特赖特，"威克曼轻轻地说，"你瘦了好多。"

卡特赖特瞪着他，"光天化日之下，有人要来这儿杀我，而且还得到整个星系全心全意的支持。世上所有人都兴致盎然，为他加油鼓劲。他们坐在电视机前，等待着结果。等待着这个……国家体育盛会的胜者。你说我该怎么想?"

"就一个人而已。"威克曼平静地说,"他敌不过你。你手握整个探心军团,还有总局的各种资源。"

"抓到他,还会有另一个杀手。源源不断,层出不穷。"

"这是每个测评主持都必须面对的。"威克曼扬起眉毛,"我以为现在你只想着,在你的飞船安全到达碟星前,自己别死就行。"

卡特赖特那张死气沉沉的疲惫面容就是对他最好的回应。"我想活下去。有什么不对吗?"卡特赖特打起精神,努力止住双手的颤抖,"当然,你说得很有道理。"他略带歉意地笑了,"试试从我的角度去看。你这一辈子都在和这些刺客打交道。而对我来说,这是头一回;我一直都是个微不足道的无名小卒,从没进入过公众视野。而现在,我被困在这里,头上是百亿瓦特的探照灯。真是完美的刺杀目标……"他提高声音,"他们想杀死我!你们他妈的到底有什么策略! 你们想怎么搞!"

他怕了,真可悲。威克曼心想。这个人正在崩溃。他不在乎他妈的什么狗屁飞船。而之前,那才是他来这里的首要原因。

威克曼脑海中响起了谢弗的回答。这时,谢弗坐在总局大楼另一边的办公桌前,他是威克曼和探心军之间的联络人。"该把他带过来了。虽然,我觉得佩里格离我们还挺远。但考虑到韦里克参与其中,我们得留出一定的转圜余地。"

"没错。"威克曼回应道,"真有趣:放在以前,卡特赖特要是知道约翰·普雷斯顿还活着,早就欣喜若狂了。可现在,他眼皮都不抬一下。在他能推测出飞船已经安全抵达目的地的情况下,他都没法集中注意力。"

"你觉得火焰碟星存在吗?"

"显而易见。但这不是我们要担心的事。"威克曼干脆地传回思想,"显然,现在也不是卡特赖特要担心的事儿。他已经成功成为测评主持,能帮助飞船前往火焰碟星。而现在,他真正要面对的是被他视为死亡陷阱的情况。"

威克曼转向卡特赖特,大声对他说:"好了,里昂。收拾一下,我们要把你带走了。时间还很充裕。目前也没收到关于佩里格的消息。"

卡特赖特眨眨眼,一脸怀疑地看着他,"去哪儿? 我以为韦里克建造的安全屋……"

"韦里克猜到你会用那个安全屋;他会先攻击那里。我们要把你带离地球。探心军团安排了我们撤退到月球。那儿有家看起来很普通的心理健康度假村,但实际上,那里的设施比韦里克在巴达维亚的更加复杂。军团在外面和佩里格酣战时,而你在239 000英里①之外。"

_____

① 约为384 633.216公里。

卡特赖特无助地凝视着丽塔·欧奈尔,"我该怎么办？要去吗?"

"在巴达维亚,"威克曼说,"每小时有一百艘飞船落地,成千上万人进出这个岛屿;这里是全宇宙人口最集中的地方。天啊,这是九星系统的行政中心。但在月球,每一个人都十分醒目。我们的度假区地处偏远;替我们打前站的机构在一片鸟不拉屎的地方买了地。到时候你的周围是绵延数千公里的荒地,连空气都没有。就算基思·佩里格跟踪你到了月球,他也得穿着笨重的法利服①,带着盖革计数器、雷达罩、雷达锥、枪和头盔,我们肯定能发现他。"

威克曼本想开玩笑,但卡特赖特并不觉得有趣,"换句话说,你们没法在这里保护我。"

威克曼叹了口气,"你去了月球,我们可以更好地保护你。那边挺好的。我们把那儿装得特别好看。你可以在那儿游泳、玩游戏、晒太阳,放松下来,甚至睡大觉。我们能让你进入假死状态,直到事情结束。"

"我可能永远都醒不了。"卡特赖特若有所指地说。

跟他就像在跟孩子说话。这个老头吓坏了,他茫然无助,没法思考。他大脑逐渐退化得跟婴儿一样,他变得越来越冥顽不

_____
① 一种作者杜撰的笨重的太空服。

化,古板幼稚。威克曼真他妈希望现在已经到了晚上,那样就能喝上一杯。他站起身来看了看手表,"欧奈尔小姐会和你一起走。"他试着让自己听起来坚定而又有耐心,"我也一起。只要你想回地球,随时都能回来。但是我建议你先看看我们的布置,看完再做决定。"

卡特赖特陷入怀疑的痛苦中,他犹豫了,"你说韦里克不知道,你确定吗?"

"最好告诉他我们确信。"谢弗的想法传到威克曼这里,"他需要确定的消息。一次性告诉他一大堆消息,他根本消化不了。"

"我们确定。"威克曼大声说。但这是个冷血的谎言。他默默地对谢弗说,"希望我们做的是对的。韦里克可能已经知道了。但没关系,如果一切顺利,佩里格永远没法离开巴达维亚。"

"如果他离开了呢?"一个苦涩的想法传来。

"他不能。你的工作就是阻止他。我对你很放心。如果韦里克的财团没有占领我们度假村其余三面的土地,就更好了。"

洲际班船的休息室富丽堂皇,铬合金的墙面闪闪发光。劳埃德小姐笨拙地坐在一把豪华长绒毛椅子上,双手紧张地交叠在一起,放在悬空的塑料桌面上。基思·佩里格站在她身旁,接着坐到了她的对面。

"怎么了?"女孩问道,"有什么问题吗?"

"没有。"佩里格烦躁地翻着菜单,"你想喝点儿什么? 别磨叽,我们马上就到了。"

劳埃德小姐缩了一下,脸颊也烧了起来。英俊的男人脸色阴沉严肃;她突然想要跳起来逃回楼下的座位,但克制住了自己。他表现得很糟,粗鲁无礼,惹人厌……但她也曾对别人做过这样的事,这种心情消除了她的怨恨。于是剩下的就只有恐惧,恐惧使她如芒在背。"你在哪个财团工作?"她怯生生地问道。

没有回答。

麦克米伦服务员滑了过来,"您想喝点儿什么,先生或女士?"

佩里格的身体里,泰德·本特利深陷混乱的思绪。他给自己点了一杯兑水波本①,给玛格丽特·劳埃德点了一杯汤姆·科林斯②。麦克米伦在他们面前放上两个杯子时,他几乎没有察觉;他自顾自地付了钱,喝起酒来。

劳埃德小姐喋喋不休地说着年轻人的胡话。她满怀期待,非常兴奋,双眼炯炯有神,白牙闪闪发亮,橙色的头发如蜡烛的火焰般闪耀。不过,她对面的男人对此视若无睹。本特利指挥

① 威士忌的一种。
② 鸡尾酒的一种。

佩里格的手指把兑水波本放回桌子；然后无意识地摩挲着玻璃杯，继续思考。

正当他沉浸在思索中时，转换机制启动了。悄无声息地，他马上就回到了法本的实验室。

太震惊了。他闭上眼睛，紧紧地贴在绑住他身体的环形金属带上。这个金属带兼具固定和调节的作用。他的伊普维克影像屏上，闪烁着他离开时的影像。画面中，微波投射在他的身体上，紧靠着身体出现了一道微波信号组成的重影，不停地跳动着。接着，伊普维克通过受控渠道将微波重影以视觉画面的形式传送给法本。在法本能看到如下微缩场景：休息室里，玛格丽特·劳埃德坐在基思·佩里格对面。劳埃德小姐说话时，系统的音频端会传出经过处理后的微弱声音。

"谁在里面？"本特利的声音是颤抖的。他想要爬出金属保护环，赫伯特·摩尔一把将他按回去。"别动！除非你想留下半条魂儿在里面！"

"我刚出来，一时半会儿不会轮到我的。"

"下一个可能就是你了。好好坐着，等调试系统断开，你才能走。"

这时，第三排右边第四个按钮亮起了红灯。屏幕上显示，另一个操作员已经接入了，一点工夫都没耽误。本特利注意到，他一进入就惊慌失措,打翻了波本酒。

劳埃德小姐突然停住了喋喋不休。"你没事儿吧?"她问"佩里格","你看起来脸色很不好。"

"我没事。""佩里格"喃喃地说。

"他做得很好。"摩尔对本特利说,"那是你的朋友艾尔·戴维斯。"

本特利牢牢记下那颗发光按钮的位置,"哪个按钮代表你?"

摩尔无视了这个问题,"当你的思想在转移的一瞬间,切换开关会点亮你的指示灯。如果你一直睁着眼,会收到警告。说不定你一转身,会发现自己正站在棕榈树下,面对全副武装的探心军团。"

"又或者死了。"本特利说,"这个抢椅子的游戏里,谁会笑到最后?"

"放心,这具身体不会被炸飞。它会找到卡特赖特,然后干掉他。"

"你的实验室正在建造第二个仿生人。"本特利反驳说,"一旦这个被摧毁,挑战大会就会任命那个仿生人。"

"就算出了问题,在身体毁灭前,我们也会把操作员拉回来。通过计算,可以得出特定时刻你有多大概率在那个身体里。你是二十四个人中的一个,再乘以身体被摧毁的概率——

也就是百分之四十。"

"你真的会亲自接入这台设备吗?"

"当然,跟你一模一样。"

摩尔不安地朝着房间的出口走去,本特利问道:"当我接入后,自己的身体会怎么样?"

"一旦你的思想被抽走,这个机器就会开始工作。"摩尔指着塞满金属舱室的那套机器,"这些东西能保持身体正常运转:供应氧气、监测血压、心率、排泄、进食、供水——所有你需要的。"

出口猛地锁上。本特利独自一人留在了装满机器的房间里。

屏幕上,基思·佩里格又给女孩买了杯饮料。他和劳埃德小姐都没什么可说的:音频端里传来嘈杂的人声和杯子碰撞的声音。本特利透过微缩模型中的班轮窗户向外瞥了一眼,心里一紧。这艘航空船正在慢慢地降落,印度尼西亚帝国在视野中蔓延开来——那是九星系统中人类最大的政治经济文化中心。

不难想象,为了确保有效拦截信息,探心军团会反复检查他们的情报网。他想象中的第一次接触是这样的:一名探心官在交通站点假意闲逛,或者在售票厅里假装成打字员之类的低级职员。要么,是一名女探心官混在常见的陪床女队伍里,等着进港的船只。或者,一名儿童探心官扮作正被父母拉扯的孩子。

又或者,一名老探心官扮作参加过某场战争的老兵——年迈的老人虚弱地坐在树荫下,膝盖上搭着毯子。

他们可以是任何人。他们无处不在。现代高精尖的武器有各式各样的形态,看上去可能是口红、一堆糖果、镜子、报纸、硬币或是手帕。

屏幕上,船舱中的乘客正忙着站起来,为着陆做准备。光滑的班轮缓缓降落,每到此刻,人们总会焦虑又紧张;直到反应堆关闭,着陆锁轰隆隆地打开,大家才能松口气。

基思·佩里格笨拙地站起来,心不在焉地跟上玛格丽特·劳埃德。两人融入了缓慢移动的人群,人群顺着斜坡一直延伸到了乘客层。戴维斯做得相当好。他绊倒了一次,不过就那么一次。本特利紧张地瞥了一眼巴达维亚总局大楼的详图。着陆场和总局主楼的地面直接相连;详图上,一个移动的有色圆点标示出了佩里格的位置。

虽然没有圆点表示探心军的位置,但他们就在那儿。本特利毫不费力地就能知道仿生人佩里格和探心军团马上就会发生第一次接触。只用几分钟,他就会被探个透彻。

威克曼安排人从仓库中把C-plus火箭取出来。他给自己倒了一杯苏格兰威士忌,匆匆一口干了,和谢弗商量道:"半个小时后,巴达维亚就是佩里格的绝路。这里只有诱饵,没有猎物。"

谢弗匆忙回复,他说:"我们现在有一份关于佩里格位置的推断报告。他在不莱梅①登上了一艘常规直达班轮。班轮驶向爪哇岛。他准备去巴达维亚和欧洲之间的某个地方。"

"你不知道是哪艘船?"

"他拿的是通票,没有指定下船地点。但我们能推断他已经起飞了。"

威克曼急忙上楼,来到卡特赖特的私人住处。卡特赖特在两台麦克米伦机器人和丽塔·欧奈尔的帮助下,无精打采地收拾着东西。丽塔脸色苍白,神情紧张,但很镇定。她正在用快进扫描仪检查录影带,整理出值得保留的部分。威克曼带着微笑,出神地看着她苗条而又高效的身影。工作时,她双胸间还有一只幸运的猫爪在摇晃。

"好好留着。"威克曼指着那只猫爪对丽塔说。

她迅速瞥了他一眼,"有消息吗?"

"佩里格随时会出现。每时每刻都有运输机降落。我们派了人检查那些飞船。我们自己的船也差不多准备好了。"他指着卡特赖特还没打包好的东西问,"需要我帮你打包吗?"

卡特赖特站了起来,"听着,我不想困在太空里。我,不,想。"

① 德国北部城市。

　　威克曼听到这些话,探到这些话背后的想法,万分惊讶。从这位老人的内心深处,正可悲地生出一种赤裸裸的恐惧。"我们不会困在太空的。"威克曼迅速说道,没时间扭扭捏捏了,"这艘船是新型实验飞船C-plus,从流水线上刚下来的第一艘。我们很快就能到那儿。C-plus一旦启动,没人能拦得住。"

　　卡特赖特的灰色嘴唇抽搐着,"拆分军团真的好吗? 你之前说,一部分人会留在这里,一部分人会跟我们走。而且,我知道你们没办法扫描那么大的范围。会不会……"

　　"天啊。"丽塔·欧奈尔突然爆发了,她扔下那堆录像带,"够了! 别再这样了! 这不像你!"

　　卡特赖特悲伤地咕哝了一声,开始在堆积如山的衬衫里扒拉起来。"我会按你说的做,威克曼。我相信你。"他继续笨拙地打包,但是一种自洪荒而来的深刻的恐惧如同有形的触角,从他惊慌失措的心中生长出来。每一刻,恐惧都在变得越来越强:那股强烈的冲动逼得他想要躲进韦里克建造的被加固了的内部办公室里,把自己锁在里面。在这种原生的恐惧面前,威克曼也畏缩了。他甚至感受到一股疯狂的欲望,想要爬回母亲的子宫。他只好刻意地将自己的注意力从卡特赖特转向丽塔·欧奈尔。

　　然而他更加震惊。女孩的心里散发出冰冷尖锐的仇恨,是冲着他来的。他马上试着弄清楚这是怎么回事。这突如其来的仇恨令他感到惊讶:以前明明没有的。

看到他脸上的表情,丽塔的想法改变了。她老练而灵敏,很快就感受到了他在窥探她;她操作着扫描器,用传进她耳朵里的录影带嗡鸣声塞满脑子。她把这声音传给了他;愤怒的狂吼、对话、演讲、普雷斯顿的书的某些章节、争执、评论……各种声音混在一起,震得他差点儿耳聋。

"都是些什么东西?"他对她说,"你怎么了?"

丽塔什么都没说,紧紧地咬着嘴唇,嘴唇逐渐失去血色。她突然转过身,匆匆地离开了房间。

"我可以告诉你怎么了。"卡特赖特嘶哑地说。他"砰"的一声关上破旧不堪的手提箱,锁上锁,"她在怪你。"

"为什么?"

卡特赖特抓起了两个磨损严重的行李箱,慢慢走向大厅门口。"你知道,我是她叔叔。她眼中的我总是高高在上,说一不二,是下达指令、制订计划的人。而现在,我卷进了我搞不明白的事情里。"他的声音越放越小,最终成为不安的低语,"情况超出了我的控制,我必须依靠你。"他没精打采地走到一边,方便威克曼开门,"自打来到这儿,我已经变了很多。她很失望……她觉得是你的错。"

"哦。"威克曼说。他跟在卡特赖特的后面,明白了两件事:

他不像自己想象的那么了解别人；卡特赖特最终下定了决心按照军团的建议去做。

C-plus船倒挂在位于主楼中心的紧急出发平台上。卡特赖特、他的侄女和一队军官走进飞船，船身上的安全锁扣便顺畅地滑动到位，把他们紧紧地捆住。大楼的屋顶打开，正午的明媚阳光洒下来。

"这艘船挺小啊。"卡特赖特说。他病恹恹的，脸色苍白；他把自己绑在座位上，手在颤抖，"有趣的设计。"

威克曼迅速帮丽塔系上安全带，然后才绑上自己的。她什么都没对他说，但恨意消融了一些。"在飞行中我们可能会失去知觉。这艘船是机器人在操控。"威克曼在座位上坐下来，脑中想着"继续"，信号便传给了他们身下错综复杂的操作系统。敏感的继电器迅速回应，机械转动，而旁边的某处，高功率的反应堆轰鸣着启动。

随着这艘船回应他的想法，威克曼展开了夸张奢侈的想象——自己瘦小的身躯变得魁梧庞大，覆盖着钢和塑料。驱动机越来越热，发出清脆有规律的颤动声。伴随着这声音，他放松下来。这艘船很漂亮，完全是按照初始的设计模型制作的。

"你知道我的感受。"丽塔·欧奈尔突然对他说，打断了他短暂的享受，"你在扫描我。"

"我知道你的感受。我觉得你现在已经不那么想了。"

"也许吧。我不知道。责备你是不理性的。你只是尽力做好你的工作罢了。"

威克曼说:"我想,我只是在做正确的事。我应该已经掌握了局面。"过了一会儿,他又说,"准备好了吗? 船要起飞了。"

卡特赖特点了点头。"我准备好了。"

威克曼思考了两秒。他连上谢弗,"有什么迹象吗?"

"又来了一艘客船。"想法很快传了回来,"它马上就会进入扫描范围。"

有两件事情毋庸置疑,佩里格会抵达巴达维亚,并寻找卡特赖特。不确定的则是探心军会怎么发现佩里格,他会怎么死。假设,他逃离了探心网,找到月球度假村。一旦他找到了度假村……

"月球上没有保护措施。"威克曼对谢弗"说","一旦我们把他带到那里,就算是放弃了防御的主动权。"

"对,"谢弗同意,"但我觉得,我们在巴达维亚就能抓住佩里格。只要我们能连上他的思想。"

威克曼做出最后决定。"好。我们能抓住机会,胜算足够大。"他发出脑波信号,船就位起飞。自动抓斗调试着飞船的位置,对准目的地月球——能看到那颗沉闷苍白的死亡之眼挂在正午的天空中。威克曼闭上眼睛,强迫身体肌肉放松。

船移动了。首先,常规涡轮旋转产生推力,接着C-plus驱动器启动,释放出能量,点燃燃料,产生出巨大的动力。

瞬间,飞船便盘旋在了总局大楼顶上,船体闪闪发光。C-plus驱动器轰鸣着,飞船以惊人的速度从屋顶飞离,卷起的气流掠过大楼,但无人察觉。

黑暗无情地吞没了彼得·威克曼,他逐渐丧失了意识,并模糊地获得了一种满足感。基思·佩里格在巴达维亚除了找死,什么都找不到。军团的战略正在起作用。

威克曼用脑波信号把发光的C-plus飞船送离巴达维亚时,常规洲际班轮轰隆隆地缓缓落在航空港,停稳上锁。

基思·佩里格和一群商人及上班族一起急切地通过金属坡道,走进阳光中。他被兴奋的目光包围着。他第一次见到了总局大楼、见到了穿梭不息的人群和交通车辆,还有前方等待着的探心军团。

11

早上5点30分,沉重的大型火箭降落在曾经叫作伦敦的城市中心。伴随着嘶鸣声,造型锋利的轻型运输船从火箭两侧顺利登陆。船上下来了几队武装警卫。他们迅速散开,刚好挡在总局巡警巡逻的道路上。

不一会儿,这个曾是普雷斯顿社团大厦的破旧大楼就被重重包围了。

里斯·韦里克穿着厚重的羊毛大衣和靴子,走出船舱,跟着手下的建筑工人走下人行道,来到建筑一侧。空气寒冷而又稀薄;夜晚湿气重,楼房和街道都很潮湿,灰暗沉默的建筑物没有一丝生气。

"就是这儿了。"工头对韦里克说,"这个旧仓库是他们的。"他指着堆满瓦砾和垃圾的院子,"纪念碑在那儿。"

韦里克走到工头前面,沿着堆满垃圾的小道走进了院子。工人们正在捣毁用钢铁和塑料塑成的纪念碑。曾作为约翰·普雷斯顿墓室的黄色塑料立方体已经被推倒,暴露出晒干的混凝土基座。基座旁是几个月没清理过的垃圾和废纸。在半透明的墓室内,风干了的遗体微微偏向一边,像管子一样细长的手臂横挡住眼镜和鼻子,遮住了脸。

"所以,那人就是约翰·普雷斯顿。"韦里克若有所思地说。

工头蹲下来,检查起墓室的接缝,"不出所料,这玩意儿是真空密封的。如果我们在这儿打开,这东西会碎成粉末。"

韦里克犹豫了一下,然后不情愿地同意了。"好吧,把整个东西搬到实验室去。我们在那儿打开。"

进入大楼的那队人带着一大堆小册子、磁带、记录、家具、灯具、衣服、数不清的纸张和打印用品出现。"这儿完全就是个大仓库。"他们中的一个对工头说,"垃圾都快堆到天花板上了。里面看上去还有一堵假墙和几间暗藏的会议室。我们正在破墙,准备进去。"

这邋遢破旧的地方就是社团运筹帷幄的总部。韦里克走进大楼,不知不觉地来到了前台。工作人员正在收集见到的一切东西;只留下光秃秃、脏兮兮的墙壁,墙上布满水渍,墙皮也脱落了。前台通向一个黄色的大厅。韦里克朝下走去,经过一张褪色斑驳的约翰·普雷斯顿的照片,照片悬在生锈的挂围巾的钩子上。"别忘了这个。"他对工头说,"这张照片。"

照片之上,一部分墙体被拆掉了,出现了一条平行于大厅的简陋暗道。工人们聚集在一起,在通道内寻找其他的隐蔽出入口。

"我们觉得应该有紧急出口。"工头解释说,"现在正在找。"

韦里克双臂交叉,研究起约翰·普雷斯顿的照片。和大多数怪人一样,普雷斯顿个头不高,仿佛是一片枯萎的叶子。厚重的有框眼镜挂在他皱皱巴巴的耳朵上,将耳朵衬托得十分惹眼。他有一头深灰色的头发,乱糟糟的,不修剪,也不梳理。他的嘴巴很小,看上去几乎有些女性化。下巴不算突出,但满是胡茬,非常坚毅,显示着他是一个有决心的人。他鼻梁高,但山根不正,喉结突出,难看的脖子从沾满食物污迹的衬衫里伸出来。

韦里克被普雷斯顿的眼睛所吸引:目光犀利而炽烈,两颗眼球在厚厚的镜片后燃烧,带着钢铁般的坚毅,昭示着永不妥协的决心。普雷斯顿双目圆睁,怒气冲冲,仿佛一位古代先贤。他高举着干瘦的手,手指因关节炎而肿胀扭曲。他睥睨众生,指点江山。他的双眼恶狠狠地盯着韦里克;那目光鲜活如生,令他不由得一震。即使相框玻璃已经布满了灰尘,那双眼睛看上去依然炯炯有神,充满热情。普雷斯顿曾经是个鸟人一样的瘸子,一位弓腰驼背的半吊子学者、天文学家和语言学家……还有什么来着?

"我们找到了逃生通道。"韦里克手下的工头对他说,"通道通往一个廉价的公共地下车库。他们逃过来以后,可能钻进了普通的车辆里。这栋大楼似乎是他们唯一的总部。他们在地球各地还有几个类似俱乐部的地方,不过都是私人公寓,每个地方最多两到三个人。"

"都装好了吗?"韦里克问道。

"一切准备就绪:墓室、在大楼里发现的东西。还给这里的布局拍了照,供以后参考。"

韦里克跟着工头回到大型火箭上。过了一会儿,他们启程回法本。

工人们刚把黄色立方体放上实验室的工作台,赫伯特·摩尔就出现了,他问:"这就是他的墓室?"

"我还以为你正在忙佩里格那边的事儿。"韦里克一边说,一边脱掉了他的大衣。

摩尔没理他,动手拂去半透明塑料罩子上的污垢,里面是约翰·普雷斯顿枯萎的厂体。"把这玩意儿弄出米。"他吩咐技术人员。

"这东西年代久远。"一个技术人员反对说,"我们必须小心处理,不然会变成粉末。"

摩尔抓起一把切割工具,试着从底部切断防护罩。"见鬼的粉末。他建的这个东西说不定能保存上百万年。"

漫长的岁月让防护罩变得干燥而脆弱,罩子裂开了。摩尔刨开防护罩,一把扔在地上,碎片散落一地。破裂的立方体中冒出一股陈旧的霉味;灰尘打着转儿扑到摩尔和助手的脸上,他们忍不住后退几步,频频咳嗽。工作台周围布满了摄像机,将永久地记录下检查使用的材料和检查程序。

摩尔不耐烦地示意。两个麦克米伦机器人从空心立方体中抬出干枯的尸体,并利用磁力场使其悬浮在空中,与人的眼睛齐平。摩尔用尖锐的探查器在尸体的脸上戳了一下;突然,他抓住尸体右臂猛地一拉。手臂一下子就脱了。摩尔傻眼,站在那儿。

尸体是塑料的。

"看到了?"他喊道,"是个假的!"他猛地把手臂扔下。手臂落地前被一个麦克米伦机器人接住了。手臂掉落后,暴露出一个空心的豁口。尸体是中空的,靠金属肋骨支撑着。这些支架一看就是出自大师之手。

摩尔绕着假人踱步,脸色阴沉。他仔仔细细地检查着假人,什么也没对韦里克说。最后,他抓住假人的头发,拉了一下,遮挡头盖骨的东西被扯开,剩下一个闪闪发光的金属半球。摩尔把假发扔给其中一个机器人,转身背对展台。

"看上去和照片里的完全一样。"韦里克钦佩地说。

摩尔笑了,"那当然! 先做了假人,然后才拍的照。不过,或许普雷斯顿以前就长这样吧。"他眼神闪烁,"我的意思是,现在可能也差不多。"

埃莉诺·史蒂文斯离开观察小组,小心翼翼地走近假人,"但这不是什么新鲜玩意儿。你造的东西比这个先进多了。普雷斯顿可能也跟你一样,在麦克米伦的设计图上做了修改。他造了个人造的自己,就像你造了佩里格一样。"

"我们听到的,"摩尔说,"是普雷斯顿真实的声音。不是人造的声音。两个声音不可能有相同的磁迹位形①,就算他以自己的身体为基础合成了模型……"

"你觉得他的本体还活着?"埃莉诺问道,"那不可能!"

摩尔没有回答。他沮丧地盯着约翰·普雷斯顿的假体;他又拿起那只胳膊,机械地拉开一根根人造手指。埃莉诺从未见过他的脸上出现这样的表情。

"我的合成仿生体只活了一年。"摩尔无力地说,"一年之后他就完蛋了,就能工作那么点儿时间。"

"妈的!"韦里克哼了一声,"要是我们一年内没干掉卡特赖

_____

① 一种声音记录方式。

特,那他有屁用!"

"你确定合成物不可能造得这么精细,精细到语音和影像都……"埃莉诺开口说道,但摩尔打断了她。

"我就做不到。"他语气平板,语调怪异,"就算真能做出来,他妈的我也搞不懂是怎么做到的。"他突然摇了摇头,奔到实验室的门口,"佩里格现在应该快进入探心军的防守网了。我得在那之前进入到装置里。"

韦里克和埃莉诺·史蒂文斯紧跟在他身后,约翰·普雷斯顿的假人被遗忘了。

"这应该挺有意思。"韦里克快步走向办公室,简短地说道。他瞄了一眼伊普维克技术人员帮他安装好的屏幕,凝重的脸上露出了期待的神情。佩里格即将走出洲际班轮,踏上巴达维亚的土地。韦里克做好了看见他的准备,埃莉诺站在他身后。

基思·佩里格深吸了一口新鲜温暖的空气,瞥了一眼周围。

玛格丽特·劳埃德还沉浸在受宠若惊的喜悦中,她跟着佩里格冲下斜坡,"佩里格先生,你一定要见见沃特,他就在附近。哦,天啊!这么多人……"

停机坪上拥挤不堪。上班族赶着下车,一大群总局官僚则排着队等着回家。熙熙攘攘的乘客们抱怨不休地等候着洲际班轮。到处可见成堆的行李和勤劳的麦克米伦机器人。嘈杂声和吵架声从不间断,人们说话的声音和船只的轰鸣此起彼伏,广播声和地面汽车、公共汽车的隆隆声一唱一和。

戴维斯控制着佩里格的身体停了下来,贴心地等待劳埃德小姐赶上他。他借此机会探查完了周围的环境。人越多越好:这片声音的海洋有助于隐藏佩里格的思想人格——也就是他自己。

"他在那儿。"玛格丽特·劳埃德气喘吁吁地说,她两眼放光,胸口随着呼吸起伏。她疯狂地挥手,"看,他看到我们了! 他朝这儿走过来了!"

那是个四十来岁的男人,双颊瘦削,一脸严肃地穿过谈笑奔波的人流。他看上去颇有耐心,却又百无聊赖,典型的总局官员形象,万千办公室"大军"中的一员。

他朝劳埃德小姐挥挥手,说了些什么。但他的话音被嘈杂的环境吞没了。

"我们可以去哪儿吃个晚饭。"劳埃德小姐对佩里格说,"你有推荐的地方吗? 沃特肯定知道。他什么都知道。他在这儿待了很久,他真的到了……"旁边一辆巨型卡车隆隆驶去,暂时淹没了她的声音。

戴维斯压根儿没在听。他必须继续往前走;他必须摆脱这个喋喋不休的女孩和她的中年伴侣,前往总局大楼。一根纤细的铁丝紧贴着他的袖管,连接着右手的手指枪。见到卡特赖特的第一眼,见到新任测评主持的第一刻——他就会飞快地举起手,抬起拇指,释放出一股纯粹的力量……

这时,他看到了沃特脸上的表情。

艾尔·戴维斯思绪纷乱,控制着佩里格的身体穿过熙熙攘攘的人流,走向街道,走向地面车流。显然,沃特是个探心军。他感知到了戴维斯的想法,捕捉到了他在回顾的暗杀计划。他发现他想法的那一瞬间,表现得太过明显。一群人分散开来。佩里格的身体笨拙地匍匐在栏杆上,猛地一跃。戴维斯带着身体翻过栏杆,来到人行道上。

他环顾四周……感到一阵恐慌。沃特在他身后穷追不舍。

戴维斯沿着人行道继续跑。他必须一刻不停。他来到十字路口,飞快地跑到对面。地面车辆在他周围穿梭咆哮,他视而不见,继续奔跑。

遇上探心军对他造成的影响才刚刚现出端倪。人群中,谁都有可能是探心军。命令被扫描,依靠思想传递。探心网络环环相扣;他碰到了探心军网络中的第一个节点,触发了整个网络。摆脱沃特根本就没有意义,别的探心军会迎面跑来拦截他。

他停下来,躲进一家商店。周围堆着各种布料,炫目的颜色和花纹让他眼花缭乱。一些穿着体面的女人正慢条斯理地挑挑选选。他飞快地从柜台后跑向后门。

一位职员在门口拦住了他。那是个穿着蓝色套装的胖子，一脸愤怒的表情。"喂！你不能到后面来！你到底是谁?"他肥胖的身体挡在了路上。

戴维斯的脑子飞速地运转。虽然没亲眼看见，但他能模模糊糊地感觉到，那群人正悄悄地从他身后那道奢华的正门进来。他快速俯下身子，撞飞了惊慌的店员，钻进柜台之间的过道里。他撞倒了一位惊恐的老女人，然后来到巨大的陈列架旁。陈列架看上去非常阔气，旋转着，以便展示陈列的内容。接下来怎么办？现在两个门都有人看守，他把自己困住了。他疯狂地、拼命地思索。接下来怎么办？

正当他试图做决定时，突然传来"呼呼"声。他被猛地拽了回来，身上环绕着保护环。他回到了法本。

他眼前的微缩模型显示屏上，佩里格的身影飞奔而过。下一位操作员已经登场，正在想办法逃跑。不过戴维斯并不感兴趣。他瘫软地躺在椅子上，任凭那些连接在他身上——他自己身上的复杂线路，帮助他排出突然暴涨的肾上腺素，避免心肌梗塞和心脏骤停。

另一个红色按钮亮了，但不是他的。他忽略耳边阵阵刺耳的声音;这会儿轮到别的人伤脑筋了。戴维斯伸手去拿衬衣里的护身符,但保护环碍手碍脚。不过没关系,他已经安全了。

屏幕上,基思·佩里格烧穿了奢华的服饰店的塑板窗户,连滚带爬地来到街道上。人们惊慌失措,尖叫连连,场面陷入混乱。

那个胖柜员面红耳赤,一动不动,仿佛石化了。其他人惊惶地四散逃窜,而不能动弹的他却嘴唇抽搐,身体不断地痉挛。张着大嘴,口水直流。他翻了个白眼,肥胖的身躯化成了一摊脂肪。

佩里格从商店前聚集的人群中脱身,屏幕上的图像变了。画面中看不到那个柜员。艾尔·戴维斯感到疑惑。佩里格杀了店员吗?此刻佩里格正健步如飞地穿梭在人行道上;他的身体就是为了快速运动而造的。他转过弯,犹豫了一下,然后消失在公共剧院里。

剧院里很黑。佩里格忙中出错。戴维斯突然意识到:失策了。黑暗不会影响探心军,他们靠的不是视觉,而是心灵感应。对他们来说,不管是在黑暗中还是在白天,操作员的思想都同样清晰;但佩里格的行动却会受到阻碍。

操作员意识到了自己的错误,开始寻找出口。但他已经看到有模糊的身影向他走来,却看不清具体有多少人。佩里格略一犹豫,然后冲进厕所。一名女子跟着他进了门,停留了一会儿。就在那段时间里,佩里格用手指枪烧穿了厕所的墙,逃进了剧院背后的巷子里。

佩里格站定,思索着接下来要如何做。前方便是总局大楼高大的轮廓,正午的阳光照在金色塔楼上,塔楼闪闪发光。他颤抖着深吸了一口气,迅速走向大楼……

红色的按钮又转换了。

佩里格摔了一跤。新的操作员吓坏了,目瞪口呆,努力控制着躯体。他从地上挣扎着站起来,继续飞奔。没人跟着,也没看到有人追过来。佩里格来到一条繁忙的街道,他四处张望,招了一辆机器人驾驶的出租车。

不一会儿,出租车便向着总局大楼疾驰而去。车子的速度越来越快,窗外的行人和车辆都飞速倒退。后座上,佩里格放松地靠在柔软的座椅上,脸色平和。这个操作员正在快速地熟悉情况。他若无其事地点燃一支烟,审视着窗外的街道。他清理了指甲,伸手摸了一下裤腿上烧焦的地方。他试着和机器人司机攀谈,然后又舒服地躺回座椅。

神奇的事正在发生。戴维斯把目光投向位置图,那张图显示了佩里格和总局办公室的相对位置。佩里格已经走出很远了。探心军网络竟没能阻止他,真让人难以置信。

这是为什么?

戴维斯的手掌和腋下出了好多汗。他感到一阵头晕目眩,恶心难受。也许真能成。说不定佩里格真能达成目标。

基思·佩里格平静而自信地坐在出租车后座上，手指枪随意地搭在膝盖上，任车子驶向总局办公室。

谢弗少校站在办公桌前，惊惶地怒吼着。

离他最近的军团刚刚传来的想法十分混乱，他气得猛砸桌子，说道："不可能，这，这，这不可能。"

"人不可能凭空断线。"谢弗终于用想法回应道。

"我们跟丢了。"难以置信又毛骨悚然的感受通过网络来回传递。"谢弗，我们跟丢了！他一下船，沃特·雷明顿就收到了他的信号。他找到了他，掌握了他的全部情况。刺杀用的手指枪、他的担忧、他的策略、他的性格特点。接着……"

"你们让他跑了。"

"谢弗，他消失了。"传来的思想信息中包含着难以置信的感受，"突然就消失得无影无踪。我告诉你，不是我们跟丢了。在第二个节点①，他不存在了。"

"他怎么做到的?"

"我不知道。"说话的男人一片茫然，困惑不已，"雷明顿把他交给了服装店的艾莉森。他的观感如同玻璃般清晰透明；我们

---

① 指的是第二站的探心官。

绝对不会弄错。刺客在商场里穿梭。艾莉森一直锁定着他，没花什么力气；他意图强烈，和其他刺客一样鲜明突出。"

"他肯定是支起了防护罩。"

"思想信号没有减弱。是整个人的信号突然就被切断了——不仅仅是思想。"

谢弗的神经疯狂地跳动。"这事以前从没发生过！"他大声咒骂，桌上的东西都被震得抖动，"而且威克曼现在在月球。我们没法和他进行心灵感应，只能用常规的伊普维克进行通讯。"

"跟他说出大事儿了。告诉他刺客凭空消失了。"

谢弗赶到通讯室，激活和月球联络的闭合电路。正在这时，一波思想传来，其中饱含兴奋的情绪，使他冷静了下来。

"我收到他的信号了！"一名激动的女探心官说道，她的想法借着探心军网络传递给下一人，"我找到他了！"

"你在哪儿？"各种各样的质询持续不断地从网络各处传来。手忙脚乱的探心军团集合起来准备行动，好几个人焦急地问道，"他在哪儿？"

"剧院。就在服装店附近。"指示迅速传来，但断断续续，"他正走进男厕所。离我就几英尺；我要进去吗？我可以轻松……"想法又断了。

谢弗感到极度绝望和愤怒，他将这种情绪向下传遍了整个网络,"继续找!"

一阵寂静。然后……思想又嘈杂起来。

谢弗无奈地拍了拍头,闭上眼睛。思维中的风暴逐渐平息。网络上下端的骚动此起彼伏。因为超负荷,一个又一个探心官的思想被摧毁,或是发生短路,然后彻底消失。毁灭性的打击传遍整个心灵感应网络,让探心官的大脑回到了原始的状态。这样的情况连续发生了三次。

"他在哪里?"谢弗咆哮道,"发生了什么?"下端微弱地回应,"她失去他的信号了。她掉线了。我猜她应该死了,烧坏脑子了。"然后是一阵困惑,"我现在就在她刚才说的地方,但我找不到她之前扫描到的想法。她扫描到的想法消失了!"

谢弗终于在伊普维克屏幕上看到了彼得·威克曼。"彼得,"他大声说,"我们完了。"

"什么意思?卡特赖特都没在那儿!"

"我们收到了刺客的信号,又跟丢了。过了一会儿,又收到了。隔了几分钟,在另外一个地方收到的信号。彼得,他穿过了三个节点。而且,他现在还在移动。他怎么能——"

"听我说,"威克曼打断他,"一旦你捕捉到他的想法信号,就跟着他。跟紧点儿;直到下一节点接手。可能是你跟得太远了。也可能——"

"我找到他了。"一个想法传到谢弗这里,"他在我旁边。我会找到他的;他就在附近。"

兴奋和紧张让整个网络沸腾了。

"我总接收到一些奇怪的东西。"想法中带着怀疑和好奇,随之而来的还有难以置信的惊讶。

"一定不止一个刺客。但那是不可能的。"这个思想中的兴奋情绪越来越浓,"我现在能看到他了。佩里格刚下出租车——他就在我前面,正沿着这条街走。他马上要从主入口进入总局大楼了;这些想法都在他脑子里面。我要杀了他。他停下来等红绿灯。现在他想着过街,然后……"

想法没了。

谢弗等了一会儿。没有任何回应。"你杀了他?"他问道,"他死了吗?"

"他消失了!"想法传来,歇斯底里,还伴着笑声,"他就站在我面前,但与此同时他消失了。他在这儿,又不在这儿。你是谁? 你要见谁? 卡特赖特先生刚刚不在这里。你叫什么名字? 你和我刚刚……这里有……我们不知道,所谓出去了是真出去了[①]……"

---

① 原文为 haven't out this is going out is out,语法不通,体现出探心官语无伦次。

心智受损的探心官流着口水像婴儿一样胡言乱语,谢弗把他踢出了网络。这没道理,不可能啊。基思·佩里格还在那儿,和一个探心官面对面地站着。在这个距离,探心官轻易就能杀了他,但他从地球表面上消失了!

在为了监看刺杀行动的过程而搭建的大屏幕前,韦里克转身面对埃莉诺·史蒂文斯。"我们错了。这比我们预计中的更有效。为什么呢?"

"假设你在跟我说话,"埃莉诺笃定地说,"对话一直在进行,而我却完全消失了,一个完全不同的人代替我出现了。"

"是生理上的另一个人。"韦里克赞同道,"是的,我明白了。"

"甚至不是女人。可能是个年轻男子或者是老大爷。一个完全不同的身体继续和你谈话,好像什么都没有发生过。"

"我彻底明白了!"韦里克激动地说。

"探心官靠心灵感应,"埃莉诺解释说,"而不是视觉形象。每个人的思维都有独特的味道。探心官通过心理接触进行交接,一旦精神崩溃……"女孩脸上露出痛苦的神色。

"里斯,我觉得你要逼疯他们了。"

韦里克起身离开了屏幕,"你来看一会儿。"

"不,"埃莉诺浑身战栗,"我不想看。"

韦里克桌子上的蜂鸣器响了。"这是从巴达维亚出发的航班名单。"一名监视员告诉他，"最近一小时出发航班的起飞时间和目的地都在上面。特殊航班已特别标识出来。"

"好。"韦里克轻轻地点点头，接过传来的金属箔薄片，然后连着桌上堆满的垃圾一起扔掉。"上帝，"他狠狠地对埃莉诺说，"要不了多久了。"

基思·佩里格两手揣在口袋里，冷静地沿着宽阔的大理石台阶走进巴达维亚总局大楼主入口，径直走向里昂·卡特赖特的内部办公室套间。

12

彼得·威克曼犯了个错误。

他意识到错误后呆坐了许久。他双手颤抖,从行李里拿出一瓶24盎司装的苏格兰威士忌,给自己倒了一杯。玻璃杯中,漂着一层析出的蛋白质浮渣。他连杯子带酒扔进废弃物处理槽,然后就着古怪的瓶子啜饮。过了一会儿,他站起来走进了直通度假村顶层的电梯。

这里有一个碧波荡漾、波光粼粼的大水池。军团军人们穿着度假时才会穿的颜色鲜亮的服饰,在池边或是水里放松身心,玩得很欢。他们头顶上,透明的塑料圆顶不断地输入清新的春日空气,同时将月球上荒凉的景色遮挡在外。他一路穿过平台,耳边欢笑连连,轻盈的身体跃入池中,不同服装的颜色、纹理和赤裸的肉体在他身后交织在一起。

丽塔·欧奈尔从水里爬了出来,选了个稍稍远离人群的地方惬意地晒起日光浴。炙热的阳光透过球形保护层照进来,丽塔沾着水珠的光滑裸体闪闪发光。看到威克曼,她飞快地坐起来,黑色的头发像瀑布般倾泻在她黝黑的肩膀和背上,泛起阵阵波光。

"一切顺利吗?"她问。

威克曼倒在躺椅上。麦克米伦机器人靠过来,威克曼下意识地从托盘上取了一杯老式鸡尾酒。"我刚还在和谢弗对话,"他说,"他在巴达维亚那边。"

丽塔拿起一把梳子,梳理起她那头浓密如云的秀发。她身旁的甲板上,蒸发出的水汽在太阳的炙烤下闪着光。"他怎么说?"她问道,尽量让自己的语气听上去很随意。她的眼睛又大又黑,神情严肃。

威克曼漫不经心地喝着他的鸡尾酒,头顶明媚温暖的阳光让他昏昏欲睡。不远处,戏水的人们嬉笑打闹,互相泼水,在经过氯消毒的池水中玩游戏。一个巨大的闪闪发光的水球缓缓升起,挂在半空,仿佛一颗生态球。一名牙齿白得发亮的军官抓住了它,水球突然落了下来。丽塔裹着毛巾,下面是黑褐色的姣好肉体,充满了年轻的活力。她柔美的肌肉线条紧实,体态丰满。

"他们没能阻止他。"威克曼说,威士忌仿佛在他肚子里凝成了冰冷的硬块,堵在他的腰腹间,"要不了多久,他就会到这里来。我预计错了。"

丽塔睁大黑眼睛。她梳头的动作顿了一下,才又缓慢而有条不紊地再次梳起来。她将头发甩到背后,站了起来,"他知道里昂在这里吗?"

"还不知道,但迟早会知道。"

"我们没法在这里和他抗衡?"

"可以一试。也许我可以找出问题所在。也许我能得到更多关于基思·佩里格的信息。"

"你会把里昂带到别的地方吗?"

"没必要。这儿就挺好了。这里至少没有那么多思维来干扰我们对目标的扫描。"威克曼僵硬地站了起来,推开只喝了一半的鸡尾酒。他觉得自己老了;他的骨头疼。"我要下楼去看看我们扫描赫伯特·摩尔得来的记录磁带,尤其是他和卡特赖特谈话那天,我们拿到的那些。说不定,我能把思绪理清楚。"

丽塔穿上长袍,绕着纤细的腰肢系好腰带。她穿上及踝高的靴子,拿好梳子、墨镜和乳液,"我们在他到达之前还有多少时间?"

"我们必须开始着手准备了。事情发展得太快。这对谁都没好处。所有事看上去都好像……快崩塌了。"

"真希望你能有点儿用。"丽塔的声音平静,冷酷,"里昂在休息。我让他躺下了；医生给他打了一针什么，让他睡着了。"

威克曼还在犹豫，"我做了我认为对的事情。我应该是遗漏了什么。显然，我们的对手比我们想象的更加复杂，更加狡猾。"

"你该让他来统筹。"丽塔说，"你从他的手上夺走了主动权。你和韦里克，还有那些人都一样。你从来不相信他能搞定。你一直把他当孩子对待，最后他自己也相信了，放弃了。"

"我会阻止佩里格。"威克曼平静地说，"我会纠正那些错误。在他找到你叔叔之前，我会搞清楚是怎么回事，提前阻止他。操纵这一切的不是韦里克。韦里克想不出这么聪明的点子，肯定是摩尔。"

"太糟了。"丽塔说，"摩尔不是我们的人。"

"我会阻止他的。"威克曼重复道，"无论如何，总能有办法。"

"或许吧，在推杯换盏之间。"丽塔停了一会儿，系上靴子的鞋带，沿着通往卡特赖特私人住宅的坡道走下去，消失了。她没有回头。

基思·佩里格自信地沿着总局大楼的大理石台阶拾级而上。他步履轻快，紧跟着那些行色匆匆的评级官僚。这些人神色温和，纷纷走入电梯、走廊、办公室。在主厅里，佩里格停下脚步，寻找方向。

突然一阵喧嚣的警报声响彻整栋大楼。

温和的官员和来访者突然都停住了。他们脸上千篇一律的友好表情褪去。一瞬间,这群随和的人变得疑神疑鬼,忧心忡忡。隐藏的扬声器里传来刺耳的机械声:

"清空大楼!所有人离开大楼!"在震耳欲聋的杂音中,扬声器声音发出尖锐的声音,"刺客在楼里!所有人离开!"

男男女女一个个神情严峻,如临大敌,横冲直撞,佩里格在他们之中迷失了方向。他侧身走动几步,冲入人群之中,努力走向通向中央大厅的错综复杂的廊道。

有人在尖叫。有人认出了他。慌乱中,人们胡乱开枪,急促的枪声响起,留下许多烧得焦黑的尸体。佩里格逃跑了。他继续小心翼翼地绕着圈子,不停地移动。

"刺客在主大厅!"机械广播声响起,"主攻主大厅!"

"他在那儿!"一个男人喊道,其他人也跟着吼了起来,"是他,在那儿!"

大楼的屋顶上,军事运输机一侧的翼板正缓缓落下。穿绿色制服的军人涌出来,顺着升降梯下降。重型武器和装备登场了,有的装备被拉到升降梯旁,有的则被吊下来放到了地上。

里斯·韦里克从屏幕上移开眼,对埃莉诺·史蒂文斯说:"他们调用了非探心军团。这是不是意味着——"

"这意味着探心军团已经被击垮。"埃莉诺回答,"他们玩完了。我们搞定了。"

"但是他们会开始从视觉上追踪佩里格。这将削减我们设备的价值。"

"刺客在大堂!"机械声继续在喧嚣之上咆哮着。麦克米伦重型武装机器人沿着走廊开动,枪口架起,如同刺猬的毛耸起。士兵们借助手持发射器把绝缘电线架设成复杂的网络,封住走廊出入口。混乱而焦躁的官员被赶到了大楼主入口。入口外,士兵们设置了铜墙铁壁,人和枪围成一圈。官员们从大楼中跑出来,挨个接受外形上的检查,才能通过。

但佩里格没有出来。他又回去了——红色按钮转换的那一刻,佩里格改变了主意。

下一个操作员已经准备就绪,迫不及待了。一进入合成身体,他就搞清楚了全部状况。他冲进一条走廊,直奔一个麦克米伦武装机器人而去。机器人正想挤过走廊出入口,机器人身上的枪收起,佩里格乘机挤了过去。佩里格钻过去以后,枪又架起,通道就此封闭。

"刺客离开人厂啦!"机械声尖叫着,"把那个麦克米伦武器搬走!"

人们急忙把武装机器人收好,推进储藏柜。过程中机器人发出了不满的响动。佩里格顺着空无一人的办公室走廊奔跑，走廊里没有官员，也没有工人。他身后是穷追不舍的军队。昏黄的灯光闪烁，远处传来的叮当声在走廊里回荡。

佩里格用手指枪烧穿了墙，逃到了主接待厅。接待厅空荡荡、静悄悄的。这里有椅子、音频视频录像带、豪华地毯和墙壁，就是没有人。

本特利从屏幕上辨识出了这就是当时他等着见里斯·韦里克的那个厅堂。

合成身体在办公室之间穿梭，他横冲直撞，四处游走，面无表情地烧出一条路。有一次，他跑过了一间还有官员在办公的办公室，男男女女尖叫着，慌忙逃走，连桌子都来不及收拾。佩里格毫不在意那些吓傻了的工作人员，继续脚不沾地地向前。经过安检门时，他看上去好像要飞起来直冲云霄，仿佛是面无表情、头发湿漉漉的墨丘利①。

佩里格跑过最后一间商务办公室，来到巨大的密封房间面前。这个房间是测评主持的内部碉堡。这回，面对厚实的耐热钢表面，他的手指枪派不上用场了，他退缩了。佩里格踉踉跄跄地走开，一时间不知道该怎么办。

---

① 罗马十二主神之一。他是朱庇特最忠实的信使，为朱庇特传送消息，并完成朱庇特交给他的各种任务。他行动敏捷，精力充沛，多才多艺。

"刺客在内部办公室!"机械声响彻这栋精密复杂的建筑内的所有房间,响彻他的四周,响彻廊道的上上下下,"包围他!摧毁他!"

佩里格绕了半个圈子,这时,红色按钮又换了。

新操作员脚步不稳,猛地撞上桌子。但他快速地使合成身体站了起来,继续有条不紊地烧灼耐热钢包裹的房间,试图烧出一条路。

办公室里,韦里克满意地搓了搓手,"要不了多久了。现在是摩尔在操作吗?"

"不是,"埃莉诺检查着指示板上的数据,"是他的某个员工。"

合成身体实施了超音速爆破。耐热钢的一部分被炸开,原本隐藏的通道露了出来。佩里格毫不犹豫地顺着走廊冲下去。

他脚下,气囊噼里啪啦地爆裂,但一点儿用都没有。这具身体根本不用呼吸。

韦里克笑得像个兴奋的孩子,"看到没?他们没法阻止他!他进去了!"他上蹿下跳,用拳头捶着自己的膝盖,"现在他会干掉他。就是现在!"

但是这个被耐热材料包裹的房间,这个全副武装、配备伊普维克设备的内部堡垒,是空的。

韦里克尖叫起来,高声咒骂,"他不在,他跑了!"他的大脸上写满了失望,"他们把那个兔崽子弄走了!"

赫伯特·摩尔盯着自己的屏幕,因惊慌而抽搐。他猛地一拉操纵杆。指示灯、指示器、仪表和拨盘都疯狂地跳动起来。佩里格的身体一动不动地站在那儿。他的一只脚已经踏进了空无一人的房间。卡特赖特本该坐在房里那张沉重的桌子旁。可现在这里只有文件、警报器、各种设备和机器。卡特赖特并不在。

"让他四处看看!"韦里克喊道,"卡特赖特肯定藏在某个地方!"

摩尔的音频电话里传来韦里克刺耳的声音。他脑筋转得飞快。他从显示屏上看到,技术人员已经不知道该指挥身体做些什么了。在那张位置示意图上,代表佩里格的点在总局大楼的核心地带:刺客已经抵达,但猎物并不在那里。

"这是个陷阱!"韦里克在摩尔耳边喊道,"圈套! 他们要摧毁他了!"

在已经被破坏的堡垒四周,部队和武器正在集结,准备行动。总局里,丰富的战斗资源正积极响应谢弗下达的紧急指令。

"刺客在内部堡垒!"机械扬声器高声叫道,"围堵他! 杀死他!"

"抓住刺客!"

"射杀他,把他碾碎在脚下!"

埃莉诺紧挨着韦里克隆起的宽阔肩膀。"他们故意让他进来的。看,他们去抓他了。"

"让他继续行动!"韦里克喊道,"上帝啊,他一直傻站在那儿,他们会把他烧成灰的!"

在被佩里格摧毁的走廊下面,几支枪头试探性地伸了出来。轰隆隆作响的武器设备被缓缓地推进来,谨慎地摆好杀无赦的阵势。一切都有条不紊地慢慢进行着:一点儿也不着急。

佩里格狼狈地挣扎着。他从通道里退出去,逃出堡垒,像困兽一样从一个房间跑向下一个房间。有一次,他停下来烧毁了一台麦克米伦武装机器人。它靠得太近,而且当时正笨拙地尝试瞄准。那台机器散架了,佩里格飞速绕过冒着烟的机器残骸。但是这台机器背后的走廊里,已经挤满了部队和武器。他放弃突围,急忙退回去。

赫伯特·摩尔愤怒地对韦里克说:"他们把卡特赖特从巴达维亚带走了。"

"找!"

"他不在那儿,这纯粹是浪费时间。"摩尔心思转得很快,"把你对巴达维亚的船只动向分析传给我。尤其是最近一小时内的。"

"但——"

"一小时以前,我们知道他在那儿。赶紧的!"

摩尔从某个机器的凹槽中抽出了金属箔。他抓起金箔,快速浏览了一遍条目和分析出的数据。"他在月球上。"摩尔说,"他们用C-plus飞船把他带走了。"

"你怎么会知道!"韦里克愤怒地回道,"他可能藏在某个地下掩体里。"

摩尔没理会他,一把按下开关。按钮突然闪烁起来;摩尔的身体瘫软在保护环上。

泰德·本特利在自己的屏幕上看到佩里格的身体跳动了一下,然后迅速僵硬。身体一阵颤抖,那张乏味的脸上出现了微妙的变化。新的操作员已经进入;在本特利的红色按钮上方的那颗按钮熄灭了。

新操作员没有浪费时间。他烧死了一小队军人,又烧毁了一段墙。钢和塑料被烧熔在一起,冒出气泡,最后气化成烟雾。合成身体面无表情地沿着弧形轨迹弹射出去,穿过了裂口。过了一会儿,他飞出了建筑,并不断地加速,直指午后天空中若隐若现的月球轮廓。

在佩里格的身后,地球越来越远。他逐渐进入了空旷的太空。

本特利瘫坐着,盯着他的屏幕。突然间,他弄清了一切。他眼看着那具身体飞行在越来越黑、褪尽了蓝色的夜空中。他能清楚地指出那些星星的位置。刹那间，他明白了佩里格身上发生的一切。这不是梦。这具身体是摩尔的反应堆实验室打造的一艘微型飞船。他突然意识到，这具身体不需要空气，心里一阵赞叹。而且它不惧极端温度，能够进行星际飞行。

佩里格离开地球几秒钟后，彼得·威克曼收到了谢弗打来的伊普维克电话。"他走了。"谢弗喃喃地说，"他像流星一样飞进了太空。"

"他朝哪儿去的?"威克曼问道。

"月球。"谢弗的脸瞬间垮了，"我们放弃了。我们呼叫了常规军，探心军团起不了作用。"

"那么他随时都可能到了?"

"随时，"谢弗疲惫地说道，"他已经在路上了。"

威克曼切断了联系，将注意力放回到录像带和报告上。他的办公桌一片混乱，到处是烟头、咖啡杯，还有没喝完的小瓶苏格兰威士忌。毫无疑问，基思·佩里格不是人类。他显然是摩尔实验室制造的机器人，装备了高速反应堆装置。但是这没法解释让探心军士气受挫的人格转变。除非……

几种不同的思维方式来来去去。佩里格的人格像是人为塑造的，被分成了多个独立的复杂个体——每一个都有自己的动力、特点和策略。谢弗召唤常规部队的决定是对的。

威克曼点了支烟，漫不经心地把玩着他的护身符。护身符从他手里掉出来，撞上了他放在办公桌上的磁带。他差一点儿就想通了。如果他有更多的时间，再多几天来解决这个问题……他突然起身走向储物柜。"现在的情况是这样，"他通过思想对散布在度假村周围的军人传达道，"刺客脱离了我们在巴达维亚设置的探心军网络。他正在前往月球的路上。"

他的公告引起一阵恐慌。日光甲板、澡堂、卧室、休息室和鸡尾酒酒吧中的军人纷纷乱作一团。

"所有军人都穿上法利服。"威克曼继续道，"虽然在巴达维亚的探心军团失败了，但我要你们建立起一个临时网络。必须在球形保护层外拦截刺客。"他向军人传送了他了解到的佩里格的信息及他的想法。其他人的想法瞬间传了回来。

"机器人？"

"多重人格合成的？"

"那么我们就不能靠心灵感应去定位他，必须通过视觉外观进行锁定。"

"你们可以捕捉到他刺杀卡特赖特的想法。"威克曼不同意这观点。他扣上了法利服的扣子，"但别指望他的思维有连续性。

思维过程会毫无预兆地被切断。准备好接受切断带来的冲击；巴达维亚的军团就是被这种冲击摧毁了。"

"每个独立的复杂个体会有完全不同的策略吗？"

"当然。"

这在军队中引起了赞叹，"太棒了！太聪明了！"

"找到他。"威克曼冷冷地命令道，"当场杀了他。只要你捕捉到谋杀的想法，就把他烧成灰。不要犹豫，不要等！"

威克曼抓起从里斯·韦里克的私藏库存里找来的24盎司装威士忌，给自己倒了最后一杯好酒。他戴好法利安全头盔，系好控温电缆线，拿了一把手枪，赶往度假村保护层的括约肌形状的出入口。

面前是令人震撼的干燥、贫瘠的茫茫荒原。他站在那里，手忙脚乱地调整着湿度和重力控制仪，以适应这片毫无生机的无垠景象。

月球是千疮百孔的荒凉平原。月球上有洞穴一般的火山口①，那是很久之前，流星撞在这颗卫星上留下的。撞击摧毁了所有生命。一切都波澜不惊，没有风，没有颤动的尘埃，也没生命活动的迹象。无论威克曼看向哪里，所见的只有坑坑洼洼的表面、遍地的碎石，一堆堆碎片散落在陡峭的悬崖和裂缝中。月

—————————
① 指环形山。

球表面已经干涸开裂。数千年来无情的岁月侵蚀了月球原本的皮肤和血肉,只留下头骨、空空的眼窝和张大的嘴巴。威克曼小心翼翼地走出去,穿行在如亡者头颅一般的地方。

在他身后,度假村光鲜闪亮。这个发光的球体透着温暖、舒适和放松的氛围。

威克曼匆匆穿过一片荒野,有想法在他的脑海里急促地响起,"彼得,我发现他了。他刚刚离我只有四分之一英里!"

威克曼在瓦砾石上笨拙地奔跑起来,一只手放在枪上。"跟紧。"他回道,"别让他靠近保护层。"

那名军人很兴奋,简直不敢相信看到的景象,"他像流星一样降落。你的命令传过来的时候,我已经在保护层外一英里了。我看到了闪光,过去调查。"

"你现在离保护层有多远?"

"大约三英里。"

三英里。基思·佩里格离他的猎物已经那么近了。威克曼调节重力装置,将数值降到最低,快速向前奔去。他每一步都跳得很远,很快就赶上了其他探心军;在他身后,保护层的光亮逐渐消失。他气喘吁吁,上气不接下气,向着刺客奔去。

他被裂缝绊了一下,头朝地面摔倒了。他挣扎着站起来,突然听到漏气的嘶嘶声,仿佛尖叫和悲鸣。他用一只手掏出紧急修理包;另一只手摸索着自己的枪。枪不见了。他把枪搞丢了,丢在了身边堆积如山的古老的碎石之中。

空气消耗得很快。他忘掉枪的事儿,集中精神修补法利服。塑料粘胶很快硬化,可怕的嘶嘶声停止了。他开始在巨石和尘埃中疯狂寻找,这时又有一阵想法激动地向他袭来。

"他动了! 他朝着保护层去了。他找到了度假村。"

威克曼啐了一声,放弃寻找手枪。他跳跃着向着那名军人的方向前进。一道高高的山脊横亘在他面前;他冲上去,又连滚带爬地滑下来。接着,他面前出现了一个巨大的碗形口。如骷髅头的月表到处都是陨石坑和丑陋的裂缝。探心军传来的想法非常强烈。他就在附近。

他第一次接收到了刺客的想法。

威克曼停住了,浑身僵硬。"那不是佩里格!"他疯狂地向军团里的人传达,"那是赫伯特·摩尔!"

摩尔脑海里的活动异常活跃,丝毫不知道自己已经被探心了。他闯过了所有障碍。当他发现包裹着总局度假村的球形发光保护层的那一刻,想法和动力就像滔滔不绝的江水般涌出,让他瞬间兴奋到极点。

威克曼一动不动地立着,专注于接收到的精神能量。故事的原委,全都包含在其中。摩尔那超速运转的大脑里装了所有细节,所有他之前故意隐瞒的细节。

佩里格由各种各样的人类思维组成。通过一个复杂的转换机制,人格不停地变换。人格来去完全随机,纯属偶然,没有规律可循。综合了极大极小值算法和随机性,这是对 M 博弈游戏理论的深度应用……

然而,这是个弥天大谎。

威克曼退缩了。在对博弈游戏理论的深层思考之下,还有另一个层面的思想。这一层面混杂着仇恨、欲望和极度的恐惧:对本特利的嫉妒、对死亡挥之不去的恐惧、费尽心机的规划和布局、复杂的格式塔①需求、完成既定目标的动力,综合表现为不达目的誓不罢休的雄心。摩尔是个很有紧迫感的人,不知足的情绪折磨着他,也支配着他。他的不满最终构建出了这张无情的战略网络。

但其实佩里格人格的转换并不是随机的。摩尔牢牢地掌控着它。他随时可以将操作员塞入身体;也随时能拉他们出来。他可以按照他的喜好随意组合,也可以自主选择是连接还是掉线。而且……

_____

① "格式塔"是德文"Gestalt"一词的音译,意思为"形式""形状",在心理学中用这个词表示的是任何一种被分离的整体。格式塔也被译为完形心理学。

摩尔的思绪突然集中。他发现有军人跟踪自己。佩里格迅速上窜,调整姿势,朝着那个正在快速追赶他的心灵感应者射出一道致命的死亡细流。

那个男人在脑中尖叫了一声,然后身体化作一堆焚灰。探心军死亡的那一刻,威克曼不寒而栗。彼得感到那人的思维正在艰难地挣扎,努力保持集中,即使身体消失,也想留存下人格和意识,但这些努力都不过是徒劳。

"彼得……"这位探心官的思想仿佛一团挥发性气体一样聚拢,然后慢慢地、不可逆转地开始消散。那微弱的思想消失了。"哦,天……"这个人的意识和存在消解成了随机的自由能粒子。头脑不再是一个完整的单元。曾经作为这个人的格式塔已经坍塌——这个人死了。

威克曼诅咒他丢了的枪。他诅咒自己、卡特赖特和星系里的每个人。他靠在一块阴冷的巨石后面,蜷缩着。与此同时,佩里格缓缓落下,轻巧地落在月球死气沉沉的表面。佩里格环顾四周,似乎感到满意,然后开始谨慎地朝三英里远的球形发光保护层前进。

"抓住他!"威克曼拼命地发出脑电波,"他马上到度假村了!"

没人回应。别的探心军都离得太远,没法接收他的想法,更没法传下去。距离他最近的探心军死了,临时搭建的网络分崩离析。佩里格平静地走过一道无人防御的裂口。

威克曼跳了起来。他拖着一块齐腰高的巨石,蹒跚地走上斜坡。在他下面,基思·佩里格正走着,他那张木讷的脸上露出几乎可以算作是微笑的表情。他看起来是个顶着一头卷发的年轻人,温柔谦逊,既不狡诈,也无城府。威克曼成功地把石头举过头顶;月球的弱引力帮了他的忙。他摇摇晃晃地把石头举起来,猛地投出去,看着石头弹跳着,撞向正快速行走的合成身体。

佩里格看到岩石过来了,眼中闪过一丝惊讶。他轻轻一跃,就跳到了巨石滚落路线几码外的地方。他的脑海中突然传来恐惧、惊讶、极度恐慌的情绪。他绊倒了,然后举起手指枪指向威克曼。

然后,赫伯特·摩尔离开了。

佩里格发生了微妙的变化。眼前不可思议的景象令威克曼的血液凝固了。在这里,在月球荒无人烟的表面,一个人就在他眼前变化了。这个人的特征在一瞬间改变、消融再重组。一切都变得不一样了。不再是同一张脸……因为根本就不是同一个人了。摩尔离开,一个新的操作员接手。这双淡蓝色的眼睛背后是一个完全不同的人格。

新操作员显得犹豫。他在努力控制这具身体。在石头毫无威胁地弹开时,他的行动终于恢复正常。威克曼费力推动另一块巨石时,感受到了对方的惊奇,还有瞬间的困惑。

"威克曼!"思想传来了,"彼得·威克曼!!"

威克曼扔下巨石直起腰来。新的操作员认出了他。这个思维模式他很熟悉;威克曼迅速展开深入探索。他一时间没认出这个人;虽然他觉得很熟悉,但当下的局势令他不敢确定。恐惧和敌意让这一人格变得难以分辨。但他终究还是知道了,绝对是他,毫无疑问。

这是泰德·本特利。

13

舱外一片死寂,已知星系之外,嘎吱作响的通用矿砂船缓慢艰难地移动着。控制舱里,格罗夫斯全神贯注地坐着倾听,黝黑的脸上满是痴迷之色。

"火焰碟星还很远。"那个浩渺的存在在他脑海中低吟,"不要和我的船失去联系。"

"你是约翰·普雷斯顿。"格罗夫斯轻声地说。

"我很老了。"那个声音回答,"我在这儿已经很久了。"

"一个半世纪,"格罗夫斯说,"难以置信。"

"我一直在这儿等,我知道你们会来。我的船一直悬停在附近;你们可能时不时地还会探测到它的质量。如果一切顺利,我能引导你们降落在碟星上。"

"你会在那儿吗?"格罗夫斯问道,"你会见我们吗?"

没有答案。那个声音消失了;只剩下他独自一人。

格罗夫斯摇摇晃晃地站起来,招呼康克林。过了一会儿,康克林和玛丽·乌齐奇一起匆匆赶到控制舱。他们后面不远,跟着跑步过来的杰雷迪。"你们听到了!"格罗夫斯激动地哑声说道。

"是普雷斯顿。"玛丽低声说。

"他肯定老得不成样子了。"康克林说,"一个小老头,一直在这天外之地等着我们来,等了这么多年……"

"我觉得我们能到那儿。"格罗夫斯说,"即使他们成功干掉了卡特赖特,我们也会抵达碟星。"

"卡特赖特说什么没?"杰雷迪问格罗夫斯,"听了普雷斯顿的事,他有没有振作起来?"

格罗夫斯犹豫了一下,"卡特赖特心事重重。"

"但他肯定——"

"他马上就要被干掉了!"格罗夫斯狠狠地一拳捶在手动控制杆上,"他没时间想别的事儿!"

一时间,没人说话。最后康克林问道:"有新消息吗?"

"我联系不上巴达维亚那边。军方完全屏蔽了伊普维克线路。我发现一队人马正紧急从内行星[①]向地球转移。总局的空

---

① 指的是离太阳最近的水星。

军在往地球飞。"

"那是什么意思?"杰雷迪问道。

"佩里格已经到巴达维亚了。有点儿不对劲。卡特赖特走投无路了。探心军团应该是被攻破了。"

威克曼疯狂地喊道:"本特利!听我说!摩尔操纵了一切;你被骗了。这不是随机的。"

情况令人绝望。声音没有传递出去。在没有大气的环境下,他的声音传不出头盔。本特利传达给他的想法清晰鲜明。但威克曼却没法回应。他被困住了,一切挣扎都是徒劳。基思·佩里格的身体和泰德·本特利的思想离他只有几码远,但他却没办法和他交流。

本特利的想法非常混乱。他在想:这人是彼得·威克曼。我在休息厅里遇见的那个探心官。他意识到自己正处于危险之中。他发现了附近那个发着光的球形保护层中的度假村。威克曼在他的思想中看到了卡特赖特的形象:这是因为他还记得自己的刺杀任务。在那之下是本特利深深的反感和怀疑,是他对韦里克的不信任和他对赫伯特·摩尔的厌恶。本特利心中犹豫不决。一瞬间,举起的手指枪犹豫了。

威克曼从山脊上摇摇晃晃地走到平原。他近乎癫狂地在月球表面的远古尘埃上粗粗写下几个大字："摩尔骗你！不是随机！"

本特利看到了这些话。基思·佩里格那张枯燥无味的脸僵硬了。本特利的思维一时也停滞了。什么鬼？他在想。然后他意识到威克曼正在探他的心，意识到现在正在进行一场单方面的会话。会话中，他是信息的发出者，而探心官则是信息接收者。"继续，威克曼。"本特利在脑子里严厉地向威克曼命令道，"你什么意思，被骗？"

在本特利的脑子里，还有一种嘲讽的快感。他看到的是个心灵感应者，一个高级变种人，正在尘埃中笨拙地勾画着图案，就像是沦为了使用最初级的沟通方式的原始人。威克曼绝望地写道："摩尔会同时干掉你和卡特赖特。"

本特利的脑子里传来一阵惊讶的情绪。"你什么意思？"随之而来的是怀疑，"这肯定是种战略。别的探心官肯定马上过来了。"他飞快地再次举起手指枪……

"爆炸。"威克曼气喘吁吁，找出另一片能写字的空地。但他写得已经够多了。本特利自己会补充一些细节。他在理解了这些话的基础上展开了想象，脑海中浮现出种种生动的片段：他和摩尔的争斗、他和摩尔的情妇埃莉诺·史蒂文斯上床、摩尔对他的嫉妒。这些都在本特利的脑海中如跑马灯一般闪过，他放下手指枪。

"他们都在看着。"本特利想,"所有操作员都通过屏幕在看。还有摩尔;他也在看。"

感知到危险逼近,威克曼猛地跳起来,笨拙地跑向佩里格身边。他一边跑,一边激动地打着手势,大叫着想让声音穿过真空。在离本特利只有六十厘米的地方,他停住了。因为本特利凶恶地挥了挥手指枪。

"离我远点儿。"本特利阴沉地想,"我摸不清你的底细,你现在在为卡特赖特工作。"

威克曼急躁地写下:"佩里格会在卡特赖特附近爆炸。而摩尔会在那一瞬间让你进入身体。"

"韦里克知道吗?"本特利问道。

"知道。"

"埃莉诺·史蒂文斯呢?"

"也知道。"

本特利感到痛苦,"我怎么知道你说的是真的? 证明给我看!"

"检查你的身体。找到电源线。顺着线路能找到炸弹。"

本特利运指如飞,撕开合成体的胸口。在合成皮肤下,他找到了交错缠绕的主线。他的脑海中顿时闪过各种技术数据。他扯下一块合成材料,将手深深地探入合成身体内嗡嗡作响的电路中。此时威克曼在几英尺外的地方蹲着,胸腔里的心脏几乎冻住,手中抓着并不存在的护身符,那个他落在办公室再也没拿回来的护身符。

本特利摇摆不定。他对韦里克的最后一丝忠诚正在迅速消失,取而代之的是逐渐成形的仇恨和厌恶。"所以说,这才是它起作用的方式。"最终,一个不成熟的策略闪过他的脑海,他想道,"好,威克曼。"他拿定主意了,"我会把这具身体带回去,直接带回法本。"

威克曼放松下来。"谢天谢地。"他大声说。

本特利跳了起来。他检查了反应堆和喷气控制装置。他知道摩尔正看着这一切,特意加快了手上的动作,让人看不清楚。接着,悄无声息地,他将合成人体飞船发射进黑暗的太空,飞向地球。

等赫伯特·摩尔反应过来,想要换人时,身体已经飞出近四分之一英里。突然间,毫无征兆地,本特利发现自己回到了法本的椅子上,被保护环包围着。

在他面前的微缩屏幕上,佩里格掉头朝下飞去,沿着一条大弧线飞向月球表面。他找到了彼得·威克曼惊慌失措的身影,举起手指枪瞄准他。威克曼知道了会发生什么。他停住不跑了,站在那里,出奇地冷静和庄严。合成身体旋转着降落,然后将他烧成了灰。现在操控身体的人是摩尔。

本特利挣扎着从保护环上坐起来。他扯开接在他皮肤、舌头、腋窝和耳朵下的电线。不一会儿,他来到隔间的门边,伸手抓住沉重的钢制把手。

门被封住了。

他早就预料到这点。回到嗡嗡作响的机器旁,本特利扯开几个继电器。主电路短路,发出噼啪的声音,冒出刺鼻的烟雾,仪表也停住不动。锁失效了,大门弹开。本特利沿着大厅跑向摩尔的中心实验室。路上,他撞见了一名吊儿郎当的财团警卫。本特利把他打倒在地,抢了他的枪。他转过弯,冲进实验室。

摩尔躺在自己的保护环内,四肢瘫软,一动不动。在他身边,一群技术人员正在研究液体槽里的第二个合成体。液体槽悬浮在工作台上,合成体已经部分组装完毕。没有一个技术人员带着武器。

实验室周围是一圈蜂巢一样的小房间。房间里的人坐在屏幕前,聚精会神地盯着屏幕看,相同的设备支撑着他们的身体。一时间,他以为看到了自己小房间的翻版,只是操作员换了人。不过,他很快就跑开了。他挥手赶走慌乱的技术人员,瞥了一眼摩尔的屏幕。佩里格还没有到度假村,他来得很及时。

本特利杀死了赫伯特·摩尔那软弱无力的身体。

这瞬间影响了佩里格。他不受控制地从月表上跳起来,在空中划出了令人头晕目眩的轨迹。他以怪异的姿势旋转、飞奔,仿佛是跟着死亡的旋律愤而起舞的疯子。身体一会儿俯冲,一会儿滑翔,终于在某一刻,他控制住了自己,平稳飞行。摩尔带着身体往上,划出一道大弧线,然后射向宇宙深处。

在屏幕上,月表越来越远。月球越来越小,变成了球,然后变成一个点。最后消失了。

实验室的门打开了。韦里克和埃莉诺·史蒂文斯冲进来。"你做了什么?"韦里克嘶哑地问道,"他疯了。他正在远离……"他看到了赫伯特·摩尔毫无生气的身体。"原来如此。"他轻声说。

本特利冲出实验室。韦里克没有阻止他;他痴痴地抚摸着摩尔的尸体,大脸上满是落寞和空虚。他太过震惊,以至于麻木了。

本特利跑下入口坡道,来到地面。他进入深夜黑暗的街道,一群法本财团的人犹犹豫豫地跟着他。他走进了灯火通明的出租车停车场,叫了一辆停放在一旁的城际交通飞船。

"您去哪儿,先生或女士?"麦克米伦司机问,说着它滑开门,发动涡轮机。

"去不莱梅。"本特利喘着粗气说。他拴好座位安全带,快速调整脖子的姿势,以应对起飞冲击,"开快点。"

当麦克米伦机器人操作喷气式飞机时,发出的响声与它自己带有金属质感的嗓音混杂在一起,很是和谐。这艘小型高速飞船曾是机器人的机械身躯。飞船飞速冲上云霄,法本被甩在了后面。

"把我放在大型星际飞行场。"本特利指示道,"你知道星际航班的时刻表吗?"

"不知道。但我可以帮你连接到资讯频道。"

"算了。"本特利说。他只是想简单了解一下,他和威克曼的对话有多少被军团的人收到了。不管他喜不喜欢月球,只有在那里他才有一丝安全的可能。现在,九大行星都在财团的操纵之下,到处是死亡陷阱:韦里克睚眦必报,绝对不会放过他。不过现在,总局会怎么对待他也是未知数。作为韦里克的手下,他可能在被人发现的那一刻,就被枪杀。但是他也可能被认为是卡特赖特的救星。

不过,合成身体去了哪儿?

"先生或女士,飞行场到了。"司机对他说。出租车在公共停车场停下。

飞行场由财团的人管理。本特利看到洲际班轮和星际交通工具停放在周围。拥挤的人群在飞行场穿行。财团警卫穿梭在人群中维持秩序。突然,本特利改变了主意。

"别停车,掉头。"

"如你所愿,先生或女士。"这艘船乖乖地起飞了。

"这附近有军用飞行场吗?"

"总局有一个小型军用修理厂,在纳尔维克①。你想去那儿吗? 那里禁止非军用飞船降落。我只能把你放在旁边。"

"好的。"本特利说,"听起来正是我要找的地方。"

探心军团跑到卡特赖特住处时,他已经完全清醒了。"他还有多远?"卡特赖特问道。即使注射了硫喷妥钠②,他也只睡了几个小时。

"很近了,我猜。"

"彼得·威克曼已经死了。"军人说。

卡特赖特迅速地站了起来,"谁干的?"

"刺客。"

"也就是说他已经在这里了。"卡特赖特抽出他的随身武器,"我们有什么防御措施? 他怎么找到我的? 巴达维亚的探心军网络出了什么问题?"

丽塔·欧奈尔走进房间,脸色苍白,神态安静,"军团完全崩溃

①现实中,为挪威城市。

②一种静脉全麻药,具有高度亲脂性,为短效巴比妥类药物。

了。佩里格直接冲进内部堡垒,然后发现你已经走了。"

卡特赖特瞥了她一眼,然后又看向军官,"你们的人怎么回事?"

"我们的战略没起作用。"军官长话短说,"韦里克设计骗了我们。我觉得威克曼在死前已经分析出他的策略了。"

丽塔反问道:"威克曼死了?"

"佩里格杀了他。"卡特赖特简短地说,"这切断了我们和军团的联系。我们只能靠自己了。"他转向军人,"现在具体情况是什么样的? 你们确定刺客的位置了没?"

"应急探心军网络已经崩溃。威克曼遇害后,我们完全和佩里格失去了联系。我们不知道他在哪儿,什么联系都建立不上。"

"佩里格都到了这一步。"卡特赖特若有所思地说,"我们阻止他的概率很小了。"

"以前都由威克曼处理。"丽塔情绪很激动,"但你可以做得更好。"

"为什么?"

"因为——"她不耐烦地耸耸肩,"威克曼压根儿比不上你。他是个无名小卒,一个微不足道的官老爷。"

卡特赖特给她看了自己的枪。"记得这个吗? 这把枪在我车后座放了很多年,我从来没用过。它一直在那儿。我派了一队人去帮我拿回来。"他伸手抚摸熟悉的金属管,"我想,我大概是对它抱有某种眷恋。"

"你要用这个来自卫?"丽塔的黑眼睛中燃烧着怒火,"你就这么点儿能耐??"

"现在,我有点儿饿了。"卡特赖特温和地说,"几点了? 等他的间歇,我们还可以吃个晚饭。"

"现在不是——"丽塔刚说出口,便被一个军官打断了。

"卡特赖特先生,"他说道,"一艘来自地球的飞船正在降落。请稍等。"他的注意力转到大脑感应到的消息上去了,过了一会儿才继续说道,"船上是谢弗少校和仅存的探心军。另外——"他顿了一下,"他想马上见您。"

"好。"卡特赖特说,"他在哪里?"

"他会到这里来见您。他现在正走在入口坡道上。"

卡特赖特伸手在外套口袋里摸到了皱皱巴巴的烟盒。"奇了怪了。"他对丽塔说,"威克曼精心策划,步步为营,结果还是死了。"

"我不为威克曼感到可惜。我只希望你能有所作为,不要就这么站着等死。"

"呃,"卡特赖特说,"可是我哪儿也去不了。我们知道的方法都试过了。当你真正着手去做时,就会发现能做的没什么了。我忍不住想,如果一个人下定决心要杀死另一个人,你真的没法阻止他。你可以耽搁他,可以增加难度,你可能已经耗时耗力、机关算尽,但他迟早还是会出现。"

"我觉得,我还是更喜欢感到害怕的那个你。"丽塔苦涩地说,"至少我能理解那时的你。"

"现在你不理解我吗?"

"那时你怕死。但现在你不再像个人了,你没有情绪。也许你已经死了。你真的有可能已经死了。"

"我不和你争。"卡特赖特说,"我要对着门坐。"他小心翼翼地坐在桌子的边缘,手里拿着枪,表情冷静。他问军官,"佩里格长什么样?"

"年轻,瘦,金发。没什么特征。"

"他用什么样的武器?"

"他有一把手指枪,其作用原理是热射线。当然,他可能有其他我们不知道的东西。"

"我想一见到佩里格就能认出他。"卡特赖特向丽塔解释说,"或许下一个进门的人就是他。"

下一个进门的人是谢弗少校。

"我把这个人带来了。"谢弗进房间时向卡特赖特解释道,"我觉得你会想和他谈谈。"

跟着谢弗走进来的是个一身黑衣、干净整洁的男人，一看就是有评级的人。大概三十出头。谢弗简要介绍后，他和卡特赖特握手。

"这是泰德·本特利。"谢弗说，"里斯·韦里克的仆役。"

卡特赖特说："你来得稍微早了些。你该通过下行坡道去游泳池、游戏室或者酒吧。刺客随时都可能出现；不会让你等太久。"

本特利尖刻且神经质地大笑起来。他们没想到，他竟然如此错乱和紧张。

他说："谢弗说错了。我已经不再向韦里克宣誓效忠了。我离开他了。"

"你违背了你的誓言？"卡特赖特问。

"是他违背了他对我的誓言。我走得相当匆忙，离开法本后我直接就来这儿了。情况很复杂。"

谢弗说："他杀了赫伯特·摩尔。"

"不完全是。"本特利纠正道，"我杀了他的身体。"

丽塔猛地屏住呼吸，"怎么回事？"

本特利解释了当时的情况。大概说到一半的时候，卡特赖特打断了他，问道："佩里格在哪里？我们最后一次收到消息时，他就在附近，离度假村不过几英里。"

本特利说:"佩里格正飞向宇宙深处。摩尔对你不感兴趣;他有自己想知道的问题。他意识到自己被困在合成身体中后,直接飞离了月球。"

"去哪里?"卡特赖特问。

"我不知道。"

"这不重要。"丽塔不耐烦地说,"他没追杀你,这才是最重要的。他或许疯了,或许失去了对身体的控制。"

"有可能。"本特利认可道,"他没预料到这种情况。他才刚刚破坏了你们的探心网络。"他解释了摩尔是怎么干掉彼得·威克曼的。

"我们已经知道了。"卡特赖特说,"那合成身体能达到什么速度?"

"C-plus级别的速度。"本特利回答,"摩尔正在远离这里,你难道不开心吗?"

卡特赖特舔舔嘴唇,"我知道他要去哪里了。"

低声讨论后,谢弗说道:"是的,他正是去那儿。"他迅速扫描了卡特赖特的头脑,"他必须想办法活下去。一路上,本特利被动地给了我很多材料。我将之前缺失的部分基本拼凑出来了。鉴于摩尔所得到的信息,他毫无疑问会去找普雷斯顿。"

本特利惊呆了,"普雷斯顿!他还活着吗?"

"这解释了为什么之前有人申请提取信息。"卡特赖特说，"韦里克一定利用了飞船上伊普维克闭路通信设备。"他的烟燃到了尽头；他把烟头扔在地上，狠狠地碾碎，又点燃了另一支，"威克曼提起过，当时我该多留个心眼。"

"你能做什么?"谢弗问道。

"我们的船离普雷斯顿的船很近，虽然摩尔对此不感兴趣。"卡特赖特烦躁地摇了摇头，"有没有办法可以建立一个跟踪摩尔的系统，将摩尔的身影显示在屏幕上?"

"我觉得有。"本特利说，"为了将它的动向传回法本，伊普维克公司在合成身体上安装了稳定的可视粒子束。我们能在不影响线路传输的情况下，切入进去。我知道那个频道的频率。"他突然灵光一现，"哈利·泰特也效忠于韦里克。"

卡特赖特说："感觉每个人都效忠韦里克。伊普维克公司里有我们能用的人吗?"

"对泰特施压。只要你把他从韦里克那边挖走，他就会合作。据埃莉诺·史蒂文斯说，他对这些事没什么兴趣。"

谢弗兴致勃勃地探查着他的思想，"她跟你说了很多嘛。她离开我们去了法本，还挺有用的。"

"是的。我想通过肉眼追踪检测一下佩里格。"卡特赖特笨手笨脚地将手枪塞进了地上一个半开着的行李箱里，"当然，我们现在好过多了。谢谢你，本特利。"他含糊地朝本特利点了点头，"情况已经变了。佩里格不会再来。我们再也不必为此担心了。"

丽塔专心致志地打量着本特利，"你没有违背你的誓言？你不认为你犯下了重罪？"

"我告诉过你了。"本特利一边说，一边回头看她，眼神冷冽，"韦里克违背了他对我的誓言。他解放了我，因为他先背叛了我。"

众人陷入一阵尴尬的沉默。"好吧。"卡特赖特说，"我还是想吃点儿东西。我们一起吃午饭、晚饭或者随便什么都行。吃饭的时候，你可以跟我们细说其他情况。"他走向门口，疲惫的脸上露出一丝笑容，"我们现在有时间了。针对我的第一名刺客已经有了归宿，用不着着急了。"

14

　　饭桌上,本特利聊起自己的感受,"我别无选择,只能杀了摩尔。再迟几秒钟,他就会把佩里格交给技术人员,然后回到自己的身体里。佩里格会继续向前,在你面前爆炸。摩尔的有些手下就是忠诚到那种地步。"

　　"身体当时离得有多近?"卡特赖特问。

　　"离你不到三英里。再靠近两英里,韦里克现在就已经再次统治已知星系了。"

　　"难道不需要有人引爆吗?"

　　"时间太紧,我只来得及简单瞄一眼布线。但闭路电线中嵌入了以距离为标准的机制,这个机制所感应的正是你的脑思维模式。而且炸弹本身的能量非同小可。现在的法律明文规定人们不能持有重型武器。但在上一次的战争中,这枚炸弹曾被称为氢手榴弹。"

"它现在也是。"卡特赖特提醒他。

"所以事情的成败全仰赖佩里格?"丽塔问。

"还有第二个合成体。差不多完成了一半。法本的人没预想到军团会全部瓦解,这算是意料之外的惊喜吧。但现在摩尔已经出局。第二具身体永远无法投入使用。只有摩尔才能完成最后阶段的操作。他不会让手下的人跟他拥有相同的水平。韦里克也知道这点。"

"摩尔找到普雷斯顿后会怎么样?"丽塔询问道,"那样摩尔就又回来了。"

"我不知道普雷斯顿的事。"本特利承认,"我毁了摩尔的身体,因此他不能离开合成体。如果普雷斯顿想帮他就必须马上行动。合成体在宇宙深处可撑不了多久。"

"你为什么不让他杀我?"卡特赖特问。

"我不在乎他杀没杀你,我没考虑过你。"

"这么说不完全对。"谢弗说,"你应该有过这个想法,因为这是必然的结果。当你精神上放松时,就会不自觉地反对韦里克的策略。你不自觉地成为了阻碍韦里克的因素。"

本特利没听他讲。"我从一开始就被骗了。"他说,"韦里克、摩尔、埃莉诺·史蒂文斯,他们沆瀣一气。从我踏进休息室的那一刻起,威克曼就试着警告我;他真的尽力了。我去总局,就是为了远离腐朽。结果我反而在为之添砖加瓦。因为韦里克下了命令,我只好跟随他。但在这样一个腐朽的社会里,你该怎么做?应该服从腐朽的法律吗?还是违背腐朽的法律、腐朽的誓言,那这样算犯罪吗?"

"算犯罪。"卡特赖特缓缓地说,"但这可能是正确的做法。"

"在罪犯横行的社会里,"谢弗补充道,"坐牢的是无辜的人。"

"当世界已是罪犯的天下,我们该何去何从?"本特利问道,"你怎么知道你所在的社会出了问题?你怎么知道什么时候该放弃遵守法律?"

"他就是知道。"丽塔·欧奈尔激烈地驳斥道。

"他天生就有这样的能力?"本特利问那个女人,"那真是太好了。我真希望我也有。我希望每个人都有……这样的能力可真他妈的容易得到。这个星系里有六十亿人,大部分人都觉得整个星系还凑合。那我该背离人群逆向而行吗?他们可都遵守法律。"此刻,他想到了艾尔和劳拉·戴维斯,"他们很开心,很知足,对生活很满意。他们有好的工作;不愁吃,不愁住。埃莉诺·史蒂文斯说我脑子有病。我怎么知道自己有没有毛病,合不合群?有没有可能是精神病?"

"你必须对自己有信心。"丽塔·欧奈尔说。

"每个人都有信心,但有个屁用。我尽可能地忍受腐败,直到忍无可忍,才选择反抗。也许他们是对的;也许我就是个重罪犯。我觉得韦里克违背了对我的誓言……我觉得我解脱了。但我可能错了。"

"你要是错了,"谢弗指出,"他们当场就能击毙你。"

"我知道,但是……"本特利努力说完,"从某个角度来说,这并不重要。我遵守誓言不是因为害怕违背誓言,而是因为相信不该违背。但我只能做到这么多了。整件事让我厌倦,我再也没法干下去。我接受不了自己干这种事!即使这意味着我要被追捕、被射杀。"

"的确有这些可能。"卡特赖特说,"你说韦里克知道炸弹的事?"

"是的。"

卡特赖特说:"保护人不能决定评级仆役的生死,当然非客除外。他应该保护他手下的人,而不是毁了他们。我想,沃灵法官应该更明白规定。这些规定得是专家才清楚。你宣誓的时候,不知道韦里克已经下台了?"

"我不知道,但他们知道。"

卡特赖特用手背擦了擦胡茬花白的下巴,"好吧,你说的也许有道理，也许没有。本特利，你这个人挺有意思的。既然你打破了规则，那现在打算怎么做？你还会再宣誓效忠吗？"

"我想不会了。"本特利说。

"为什么？"

"一个人不应该成为另一个人的仆役。"

"我不是那个意思。"卡特赖特仔细斟酌了他的话，"那如果只是效忠于职位呢？"

"我不知道。"本特利疲惫地摇摇头，"我累了。过段时间再说吧。"

丽塔·欧奈尔开口说："你该加入我叔叔的队伍。你该发誓效忠他。"

他们都在看着他。本特利沉默了一会儿，问道："军团也是发下职位效忠誓言才就职的，对吗？"

"没错。"谢弗说，"彼得·威克曼很看重这个誓言。"

"如果你有兴趣的话，"卡特赖特苍老的眼睛中闪着精明的光，他盯着本特利说，"我会让你向我——向测评主持这个职位宣誓效忠。"

"我没从韦里克那里拿回我的P卡。"本特利说。

瞬间，卡特赖特脸上闪过强悍的神色。"哦？那好办。"他穿上大衣，拿出一个精心包装的小包裹。他缓缓地、小心翼翼地打开包裹,把里面的东西放在桌上。

十几张权力卡。

卡特赖特把卡片排开,挑了一张,仔细检查。然后把其他卡片再次放回包里,紧紧地裹起来。他把东西放回口袋,把挑出来的那张P卡递给本特利,"两美元就能搞到一张。你拿好,我不会收回去的。你该有一张。在这场博弈游戏里,每个人都应该有平等的机会。"

本特利缓缓地站起来。他翻找钱包,扔下两张一美元的纸币。他把P卡装进包里,起身等卡特赖特站起来。"这感觉很熟悉。"他说。

"你们知道,"卡特赖特说,"我不知道宣誓是怎么回事。得有人帮帮我。"

"我知道怎么做。"本特利说。丽塔·欧奈尔和谢弗静静地看着,他对着测评主持卡特赖特背出职位效忠誓言,然后突然坐下。咖啡已经冷了,他还是喝了下去。他沉浸在自己的思绪中,没怎么尝出咖啡的味道。

"现在你正式成为我们的一员了。"丽塔·欧奈尔说。

本特利哼了一声。

丽塔漆黑的眼睛酝酿着浓厚的情绪,"你救了我叔叔的命,你救了我们所有人。那具身体会把整个度假村炸成碎片。"

"让他一个人静静。"谢弗警告她说。

丽塔没理他。她靠着本特利,满脸兴奋之色,继续说:"你在法本时,就该杀了韦里克。他就在那儿。你本可以做到的。"

本特利扔下叉子。"我吃好了。"他起身离开桌子,"不介意的话,我想去外面走走。"

他大步走出餐厅,来到走廊。几位总局官员站在这儿,轻声聊天。本特利漫无目的地徘徊着,思绪混乱。

过了一会儿丽塔·欧奈尔出现在门口。她双臂紧抱在胸前,站在一旁看着他,小心翼翼地开口道:"我很抱歉。"

"没关系。"

她走到他身边,呼吸急促,红唇微启,"我不该那么说。你做得够多了。"她猛地用手指握住本特利的手臂,"谢谢。"

本特利拉开她的手,"面对现实吧,我违背了对韦里克的誓言。我能做的就这么多。我杀了摩尔——他本没有灵魂,现在也没了身体。他只不过是个机关算尽的智囊,不是有血有肉的人。但我不会碰里斯·韦里克。"

丽塔的黑眼睛闪闪发光,"你有良知,你和他们不一样。你这么高尚,这么善良!你难道不知道如果被韦里克抓到,你会怎么样吗?"

"你少说两句吧。我向你的叔叔发誓,难道这样还不够吗?

法律上来说我是个罪犯,我犯了法。但我不认为自己是罪犯。"他挑衅地看着她,"懂吗?"

丽塔退了一步。"我也不认为你是个重罪犯。"她犹豫了,"你会告诉他该怎么做吗?"

"卡特赖特? 当然不会。"

"你让他自己去安排? 威克曼不会让他自己动手。他需要掌控一切,不让任何人插手。"

"我这一生,从不指挥别人。我想做的只是——"本特利生气地耸耸肩,"我不知道。大概是成为艾尔·戴维斯那样的人。有房子,有工作。只管好我自己的事。"他绝望地高声喊道,"他妈的,但不是在这个星系。我想在一个能遵守法律,而不是不得不违背法律的世界里成为艾尔·戴维斯。我想遵守法律! 我想尊重法律! 我想尊重身边的人!"

丽塔沉默了一会儿,"你会尊重我叔叔的。即使现在你不这么想,以后也会的。"她顿了顿,有些尴尬地问,"你不尊重我吗?"

"当然尊重。"本特利说。

"讲真?"

本特利扭曲地笑了起来,"当然,其实……"

谢弗少校出现在大厅的尽头。他对着本特利大喊,尖叫:"本特利,快跑!"

本特利突然愣住了,然后他一把推开丽塔·欧奈尔。"躲进你叔叔的房间去。"他拔出他的手枪。

"但是——"

本特利转身沿着走廊跑下坡道,到处都是军团士兵和总局官员。他到达地面层,拼命向保护层壁跑去。

已经太迟了。

一个笨拙的身影挡住了他的去路。那人的法利服已经脱了一半,是埃莉诺·史蒂文斯。她的红发仿佛在燃烧,脸色苍白,喘着粗气。她匆匆地赶到他身边,气喘吁吁地说:"离开这里。"她不太习惯这套沉重的服装,被运输船绊了一下,半个身子靠在墙上。"泰德,"她哭了,"不要试图和他抗衡。跑吧!一旦他抓住你——"

"我知道,"本特利说,"他会杀了我的。"

在球形保护层的出入口,一艘高速财团运输机降落在干旱的地面上。乘客徐徐地爬出;一小撮笨重的身影正小心翼翼地朝度假村走去。

里斯·韦里克到了。

15

　　里昂·卡特赖特走向出入口。"你最好躲起来。"他对本特利说，"我来跟韦里克谈。"

　　谢弗迅速做出指示。一队探心军带领几名总局官员快速赶了过来。"其实没这个必要。"谢弗对卡特赖特说，"他不如留在这里。一来他没法离开度假村，二来韦里克本来就知道他在这儿。我们或许能把这个问题解决掉。"

　　"韦里克可以直接走进来吗?"本特利无助地问。

　　"当然可以。"卡特赖特回答，"这里是公共度假村。他不是刺客，只是一位普通公民。"

　　"你介意留下来吗?"谢弗问本特利，"事情的进展可能没那么顺利。"

　　"我留下来吧。"本特利说。

　　韦里克带着他的小队顺着入口逐渐深入。他们脱下法利服,小心翼翼地探查四周。

　　"你好,韦里克。"卡特赖特说,两人握了握手,"进来喝杯咖啡吧。我们在吃饭呢。"

　　"谢谢。"韦里克回答,"如果你们不介意的话,我很乐意这么做。"他看起来很憔悴,但神色依然冷静。他的声音很低,顺从地跟着卡特赖特沿着走廊走向餐厅,"你知道的吧,佩里格已经离开了。"

　　"我知道。"卡特赖特说,"他往约翰·普雷斯顿的飞船去了。"

　　他俩走进餐厅就座,其他人跟在后面。麦克米伦机器人清理了桌子,快速摆好杯碟。本特利坐在丽塔·欧奈尔旁边,远离韦里克坐的那头。韦里克看见他,一闪而过的眼神透露出他认出了本特利,此外再没有别的表示。谢弗、另一位探心官和总局官员们坐在后面,毕恭毕敬地听着。

　　"我觉得他一定找得到。"韦里克低声说,"我离开法本的时候,他已经飞行了三十九个天文单位。我通过伊普维克的监视器观察过。谢谢。"他接过黑咖啡,品了一口,放松了些,"今天发生了很多事。"

　　"掌握普雷斯顿的材料后,摩尔会怎么做?"卡特赖特问,"你比我更了解他。"

"很难说。摩尔一直是头独狼。他做的一切都是为自己……我给他提供材料。他没日没夜地耗在研究上。他很聪明。"

"我也这么认为。是他制订了整个佩里格计划吗?"

"完全是他的想法。我找到他,雇佣他。我知道他很厉害。不需要我指挥他要怎么做。"

埃莉诺·史蒂文斯悄悄地走进餐厅。她站着,神情紧张又慌乱,纤细的手指紧握在一起。她焦虑万分,却又犹豫不决。过了一会儿,她在房间阴暗的角落中找到了个座位,睁大眼睛看着所发生的一切。她姿态端庄,神情惊惶,半个身子没入了阴影。

"我还想说你去了哪里。"韦里克对她说,"你刚还想拖住我——"他看了看手表。

"就拖了几分钟而已。"

"如果摩尔得到了想要的东西,他会回到你身边吗?"卡特赖特问。

"我表示怀疑。他没理由这么做。"

"那誓言呢?"

"他从不在意这种东西。"韦里克深邃的眼中透出失落的光,"现在有才华的年轻人似乎都这样。我猜,对他们来说,誓言没有以前那么重要了。"

本特利什么都没说。他手里的武器沾满了汗水,变得冰冷潮湿。身边的咖啡，他一口都没喝，已经冷了。丽塔·欧奈尔不安地抽着烟。她把烟掐了，重新点了一根，接着又掐灭。"你打算再召开一次挑战大会吗？"卡特赖特问韦里克。

"哦，我不知道。暂时不会。"韦里克的大手合在一起，搭成金字塔形状。他仔细端详了一会儿，松开手指。他心不在焉地打量着餐厅，"我不记得这个地方。这里是总局的地盘，没错吧？"

谢弗回答："我们一向提前做安排。记得我们在火星外围给你搭的那个星际站台吧。那是鲁滨逊统治时期建造的。"

"鲁滨逊。"韦里克沉思着，"我记得他。天，他是十年前的那个。都这么久了吗？"

"你为什么来这儿？"丽塔·欧奈尔几乎要破音。

韦里克疲惫地皱起眉头，粗眉毛凑在一起。显然，他不认识丽塔。他转向卡特赖特寻求解释。"我侄女。"卡特赖特说。他做了引荐；丽塔低头瞪着咖啡杯，什么也没说。她嘴唇都白了，紧握着拳头，直到韦里克不再注意她。韦里克再次用手指搭起金字塔，陷入沉思。

"当然。"韦里克最后开口说，"我不知道本特利跟你说了些什么。我想你应该明白我的安排了吧。"

"本特利没讲的，谢弗也都扫描到了。"卡特赖特回答。

韦里克含糊不清地嘟囔着。"那我要解释的你应该全都知道了。"他抬起硕大的脑袋,总结道,"我可以这么理解吧?"

"是的。"卡特赖特点点头,"当然可以。"

"我本没打算提赫伯特·摩尔的。在我看来,关于他的一切已经结束了。"韦里克在口袋里翻了半天,终于摸出一把大型霍珀手枪,直接放在了水杯和餐巾环①旁边,"在餐桌上我没把握一枪杀死本特利。我应该再等等。"他突然有一个想法,"我没必要在度假村杀他。他可以跟我回去,我在路上找个地方杀了他就行。"

谢弗和卡特赖特交换了一下眼神。韦里克丝毫不理会。他专注地看着手上的枪和爪子般的手。

"随你怎么想。"卡特赖特说,"但我们必须搞清楚一点。本特利现在宣誓效忠于我,效忠于测评主持。他宣誓了职位效忠誓言。"

"可他不能这么做。"韦里克说,"他向我宣誓了。因此他丧失了再宣誓的自由。"

"呃,"卡特赖特说,"我不觉得他违背了对你的誓言。"

"你先背叛了他。"谢弗向韦里克解释道。

韦里克反应了一会儿,才说:"我没觉得自己有什么地方背

---

① 餐桌上套餐巾的小圈。

叛他啊。我自始至终都在履行我的义务和职责。"

"一派胡言。"谢弗反驳说。

众人陷入沉默。

韦里克哼了一声,拿回枪,检查了一番,又放回大衣口袋里。"关于这点,我们必须征求一下他人的意见。"他低声说,"我们要不把沃灵法官叫来吧。"

"好。"卡特赖特表示同意,"这个主意好。你想留在这里等他吗?"

"谢谢。"韦里克感激地说,"我太累了。我想好好地睡一觉。"他四周看了看,"感觉这里是个不错的选择。"

费利克斯·沃灵法官是个暴脾气的驼背老头,穿着虫蛀了的黑色西装,带着老式帽子,胳膊下面夹着装满法律条款的沉重的活页夹。他是这个星系里级别最高的法学家。他还留着长长的白胡子。

"我知道你是谁。"他瞥了一眼卡特赖特,匆匆说道,"我也知道你。"他朝韦里克轻轻点头,"知道你和你的百万金币悬赏。你手下那个佩里格是个失败者,不是吗?"他得意地哈哈大笑,"他的长相我就不喜欢。我知道他成不了事,身上一点儿肌肉都没有。"

现在是度假胜地的"早上"。

沃灵法官乘坐的那艘船,还悄悄地载来了麦克米伦新闻机器、财团高层和其他总局的官员。伊普维克的技术人员坐自己的船过来了。一群工人从出入口进入球形保护层。信号员肩上缠着通讯电缆,在度假村中穿梭,架设伊普维克电视设备。到了中午,整个度假村成了一个闹哄哄的蜂巢,人人决心坚定,行动积极。到处人头攒动,来往的人们表情都很严肃。

"这里怎么样?"一位总局官员对一名伊普维克技术人员说。

"空间不够。那边那个地方行吗?"

"那是主游戏室。"

"那边应该可以。"设备被送往入口的拱门,"声音会有一点儿模糊。不过没太大大关系,对吧?"

"没影响才怪。我们不需要杂音,换成小一点儿的设备。"

"不要破坏了保护层。"一名士兵警告正在安装传输设备的工作人员。

技术人员说:"它很结实的。这个地方要应付的可是游客和醉鬼。"

中央游戏室很快挤满了穿着鲜艳度假服的男男女女。技术人员和工作人员摆放桌子和机器时,他们在一旁跑来跑去,自顾自地娱乐。麦克米伦无处不在,在游戏玩家间穿梭,时不时还被踩上一脚。

本特利站在角落里,忧郁地看着眼前的一切。衣着华丽的男女欢笑着来回奔跑;沙狐球和垒球、足球一样受人欢迎。纯粹的智力游戏被全面禁止。这里是心灵度假胜地:游戏是治疗手段。离本特利几英尺远的地方,一个紫色头发的年轻女孩正专心致志地躬身趴在彩色3D板上。随着她的手迅速地移动,3D板上的形状、色调和纹理不停地变化,形成复杂精巧的组合。

丽塔·欧奈尔在他耳边说道:"这里很好。"

本特利点了点头。

"在他们开始之前,我们还有时间。"丽塔默默地向一群机器鸭子扔了一个花哨的盘子。一只鸭子应声倒地而亡,记分板显示分数。"你要玩点儿什么? 锻炼身体,顺便娱乐一下? 我等不及想试试这些东西啦。"

丽塔带路,他们两个穿过人群,进入一侧的健身房。总局军人脱下了绿色制服,在磁力场、压力梁、人造高重力台阶,以及各种增肌设备之中锻炼。房间中央,一群人正兴致勃勃地看一名军人与麦克米伦机器人摔跤。

"非常健康。"本特利冷冷地说。

"哦,这里真的很不错。你不觉得里昂长胖了吗? 佩里格的事情结束以后,他看起来好多了。"

"他应该会长命百岁。"本特利表示赞同。

丽塔脸红了,"你没必要这样说。你没法真的对谁忠诚,不是吗? 你只想着自己。"

本特利继续往前走。过了一会儿,丽塔跟了过去。"沃灵法官会和这些跑来跑去精力过剩的人一起做出决定吗?"本特利问道。他来到一片凸起的网上,一群古铜色皮肤的人摊开身子躺在阳光下,"每个人似乎都过得不错。甚至连麦克米伦机器人都在享受乐趣。威胁已经过去。刺客已经走了。"

丽塔高高兴兴地脱下衣服,给了机械服务员一枚硬币,躺进一张颤抖的网中。低重力反磁场环境有助于她放松身体。她昏昏沉沉地旋转着,转进了网的深处。过了一会儿她浮起来,气喘吁吁,满脸通红,疯狂地想抓住什么东西。

本特利把她拉起来站好,"放松。"

"我忘了是低重力环境。"她兴奋地笑起来,松开他的手,任由自己向网的更深处坠落,"一起来吧,很有意思! 我以前都没发现。"

"我看着就好。"本特利忧郁地说。

女人的轻盈身体消失了一段时间。网不停颤动。最后,她终于浮了出来。她懒洋洋地躺着,背部和肩上的汗水反射着人造阳光。她闭上眼睛,心满意足地打了个呵欠。

"休息一下太好了。"她昏昏欲睡地低声说道。

"这里就是休息的地方。"本特利转述了韦里克的话,"如果你脑子里没想别的事情的话。"

没有答案。丽塔睡着了。

本特利双手插在口袋里,被一片欢乐祥和的色彩与律动包围着。人们在他周围嬉笑打闹;游戏一波接着一波,永不休止。角落里,里昂·卡特赖特正和一个身材魁梧面容冷酷的男人聊天。那是哈利·泰特,跨星球可视化工业集团的总裁。此刻他正在向卡特赖特道贺,祝贺他在与刺客的第一场较量中取胜。本特利一直盯着他们,直到他们分开。终于,他转身离开低重力网,却发现埃莉诺·史蒂文斯正站在他面前。

"她是谁?"埃莉诺问道,她的声音清晰干脆。

"卡特赖特的侄女。"

"你和她认识很久了?"

"刚刚认识。"

"她很漂亮。她比我大,是不是?"埃莉诺的脸色阴沉得如同金属,但她突然笑起来,像个欢乐的锡制玩偶,"她至少三十了。"

"那可未必。"本特利说。

埃莉诺耸耸肩,"不过没关系。"她突然走开。过了一会儿,本特利小心翼翼地跟过去。"要喝一杯吗?"她转过头问道,"这里真是太他妈热了。那些闹哄哄的人吵得我头疼。"

"不用了，谢谢。"当埃莉诺匆匆从托盘上取下一杯马提尼时，本特利拒绝了，说，"我想保持清醒。"

埃莉诺拿着酒杯踱步，细长的手指把玩着杯子，"他们要开始了。他们会让那只愚蠢的老山羊做决定。"

"我知道。"本特利无精打采地说。

"沃灵根本不知道到底是怎么回事。韦里克在挑战大会上骗了他。他又打算故技重施。有摩尔的消息吗？"

"伊普维克公司在这里架设了屏幕，给卡特赖特用。韦里克不在意，也没干涉。"

"屏幕上有啥？"

"我不知道，我也没打算看。"本特利停下来，透过一扇半开的门，他瞥见了桌椅、烟灰缸和录音设备，"这是——"

"这就是他们布置的那个房间。"突然，埃莉诺惊恐地大喊起来，"泰德，快带我出去！"

里斯·韦里克已经走过了房间的门。

"他知道了。"埃莉诺失魂落魄地走在欢笑的人群中，冷冰冰地说，"我之前专程来警告你——还记得吗？泰德，他知道了。"

"太糟糕了。"本特利含糊地说。

"你不在乎吗？"

"我很抱歉。"本特利说,"我不能对里斯·韦里克做什么。或许曾经有些事我能做,我也应该做。但也说不准。"

"你可以杀了他!"她的声音因歇斯底里而变得尖利,"你有枪。你可以在他干掉我俩之前杀了他!"

"不。"本特利说,"我不会杀里斯·韦里克。这不行。我会静观其变。不管怎么说,我和之前的事一刀两断了。"

"也……包括我吗?"

"你知道炸弹的事。"

埃莉诺颤抖着。"我能怎么办?"她急匆匆地追了上去,惊慌失措,"泰德,我阻止不了啊。我能有什么办法?"

"我们在一起的那个晚上你就知道了。就是你说服我加入这个计划的那晚。"

"是!"埃莉诺挑衅似的来到他面前,挡住他的去路,"的确是这样的。"她的绿眼睛闪闪发光,"我是知道。但我对你说的每句话都是真的。每句话,泰德。"

"呵呵。"本特利喃喃道。他觉得恶心,背转身子。

"听我说。"她抓住他的手臂哀求道,"里斯也知道。大家都知道。我们无能为力——那时候必须有人在里面,不是吗?你回答我!"她在他身后摔倒了,尖叫道,"回答我!"

本特利退了一步,一个白胡子小老头嘟嘟囔囔地气呼呼地从他身边挤过,走向前厅。那人走进房间,"砰"的一声将厚重的书扔在桌子上。他擤了擤鼻子,绕一圈仔细检查座椅,最后才坐上桌子一头的椅子。里斯·韦里克闷闷不乐地站在窗边,和他交谈了几句。过了一会儿,里昂·卡特赖特跟着沃灵法官进来了。

本特利骤停的心跳重新缓慢又艰难地开始跳动。审判马上开始。

16

房间里有五个人。

沃灵法官坐在桌子一端，身周摆满了他的法学书和录音带。里昂·卡特赖特对面坐着高大笨拙的里斯·韦里克，他俩中间隔着两个积满烟灰的烟灰缸和装满冰水的丑罐子。本特利和谢弗少校面对面坐在桌子的另一端。最后的那把椅子空着。伊普维克技术人员奥斯特、总局官员、财团大佬都被禁止入内。他们有的待在游戏室和健身房里，有的在泳池边晒太阳。前厅厚重的木门将玩闹的人群弄出的响动全都挡在了门外。

"禁止吸烟。"沃灵法官喃喃道。他狐疑地在韦里克和卡特赖特之间来回打量，"开始录音了吗？"

"是的。"谢弗说。

录音机器人灵巧地爬过桌子，在里斯·韦里克面前停了下来。"谢谢。"韦里克说道,他正在整理文件,准备开始。

"是一起的吗?"沃灵指着本特利问。

"我来这儿就是为了找他。"韦里克轻轻瞥了一眼本特利,"但他不是我来这儿的唯一原因。他们都违背了自己的誓言,对我不忠诚,背叛了我。"他的声音越来越弱,"人心不古啊。"他重新打起精神,平静地陈述道,"本特利被'飞鸟-弦琴'开除。他成了一个有评级没职位的废人。他来巴达维亚找我,寻求一个8-8级的职位;那是他的评级。那个时候,我那儿一团乱。我当时正在考虑,或许我得解雇几个手下的员工。但不管怎么样,虽然我自己都前途未卜,但还是把他带走了。我把他带到我的故乡,在法本给了他一套公寓。"

谢弗快速瞟了一眼卡特赖特,他早就知道了韦里克要说的话。

"一切都乱七八糟的,但我给了本特利他想要的东西。我让他进入了我的生物化学研究团队,找了个女人陪他睡,给他饭吃,照顾他。我把他带进了我最大的项目。"韦里克稍稍提高了自己的声音,"在他的坚持下,他在这个项目里获得了一个责任重大的岗位。他表示想进入决策层。我信任他,满足了他的要求。然而,在关键时刻,他背叛了我。他杀了他的直属上司,放弃了他的工作,逃跑了。他太懦弱了,没法继续参与我的项目。

因此,他违背了誓言。我的重点项目因为他而分崩离析。他登上一艘总局的飞船,来到这里,想要宣誓效忠测评主持。"

韦里克结束了发言,安静下来。

本特利原本觉得有些无聊,听着他的陈述,心中却越来越惊讶。这是发生过的事吗?沃灵好奇地看着他,等着他回应。本特利耸耸肩,他无话可说。他已经控制不了事态的发展了。

卡特赖特说话了:"本特利在这个项目里的工作是什么?"

韦里克犹豫了一下,"他和其他8-8级的人做的事情基本一致。"

"有什么不一样的吗?"

韦里克沉默了一会儿,"我觉得没有。"

"撒谎。"谢弗对沃灵法官说,"他知道是有区别的。"

韦里克不情愿地点了点头。"只有一点区别,"他承认,"本特利提出要获得最关键的职位,我满足了他。他会把这个项目带向最后的阶段。我完全信任他。"

"那是什么阶段?"沃灵法官问道。

"本特利会死。"卡特赖特回答。

韦里克并没有反驳他。他面无表情地检查起手里的文件,直到最后沃灵法官问道:"是真的吗?"

韦里克点了点头。

"本特利知道吗?"沃灵法官问道。

"一开始他不知道。他初来乍到,刚进入队伍,我不可能立马就把所有信息告诉他。他发现后立刻就背叛了我。"韦里克的大手猛地抓住文件,"他毁了整个项目。他们都撤走了,太让我失望了。"

"还有谁背叛了你?"谢弗好奇地问。

韦里克硬朗的下巴动了动,"埃莉诺·史蒂文斯和赫伯特·摩尔。"

"哦,"谢弗说,"我以为摩尔是本特利杀死的那个人。"

韦里克点了点头,"摩尔是他的直属上司。整个项目都是他在负责。"

"如果说本特利杀死摩尔,而摩尔背叛了你……"谢弗转向沃灵法官,"听起来,本特利像是个忠诚的仆役。"

韦里克哼了一声,"摩尔是后来背叛的我,在本特利——"他停顿了。

"继续。"谢弗说。

"在本特利杀了他之后。"韦里克艰难地开口道,神情木讷。

"啥意思?"沃灵法官质问道,"我不懂。"

"告诉他这个项目是怎么回事。"谢弗语气温和地建议道,"那样他就明白了。"

韦里克研究起面前的桌子来。文件的一角都被他揉卷了，他才终于开口说道："我没有什么可说的了。"他缓缓地站起来，"我要求撤回与摩尔死亡相关的材料。那些同此案不相关。"

"那你的意思到底是?"卡特赖特问。

"本特利退出项目，放弃了他的工作。他辞掉了我分配给他的工作，就是他发誓效忠我后得到的那份工作。

"就是这样。"韦里克总结说，"但他本应该留下来。这是他的工作。"

卡特赖特也站了起来，对沃灵法官说："我没有什么要补充的。我让本特利宣誓效忠于我，是因为我认为他合法地解除了对韦里克许下的誓言。在我看来，是韦里克违背了誓言。本特利在不知情的情况下被推向死亡。保护者不能让有评级的仆役非自愿地死亡。如果这个仆役有评级，他必须先获得仆役的书面同意。"

沃灵法官的胡子上下颤动。"是的，必须征得已评级的仆役的同意。只有在仆役违背誓言的情况下，保护人才能在仆役非自愿的基础上杀死他。如果仆役违背誓言，就丧失了自己的一切权利，但他依然是保护者的所有物。"沃灵法官收起法条和录音带，"这个案子的关键在于：如果是保护者首先违背誓言，那么涉案仆役依法享有弃职离开的权利；但如果保护者没有违背誓言,仆役就离开了,那么仆役犯下的是重罪,依法当判死刑。"

卡特赖特走向门口。韦里克跟在他后面,面色凝重,双手插在口袋里。"那就这样吧。"卡特赖特说,"等您的决定。"

决定传来时,本特利正与丽塔·欧奈尔在一起。谢弗径直走向他。"我一直在扫描沃灵老法官的大脑。"他说,"他终于下定决心了。"

度假村现在是"傍晚"。本特利和丽塔正坐在其中的一个小酒吧里,光线昏暗,两人的身形模糊,扭曲的影子挂在桌边。一支铝皮包裹着的蜡烛在他俩之间噼里啪啦地烧着。总局官员四散坐在房间里,窃窃私语,两眼放空看着前方,啜饮着饮料。麦克米伦机器人安静地在人群中穿梭。"那……"本特利说,"结果怎么样?"

"对你有利。"谢弗说,"再过几分钟,他就会公布了。卡特赖特让我尽快告诉你。"

"那韦里克不能找我算账了。"本特利惊奇地说,"我安全了。"

"没错。"谢弗离开桌子,"恭喜你。"他走出房门,离开了。

丽塔把手放在本特利的手上,"谢天谢地。"

本特利什么都没感受到,只有头晕目眩带来的虚无感。他低声说道:"我想,这就尘埃落定了吧。"他心不在焉地注视着墙壁上流动的色彩,那颜色攀上墙壁,在天花板上徘徊,又像蜘蛛丝一样落下来。它消融变化为旋涡和水滴状——那是最基础的形状,接着又再次组合在一起,慢慢往上爬。

"我们该庆祝一下。"丽塔说。

"是啊,我到了最想去的地方。"本特利喝光剩下的酒,"为总局工作,宣誓效忠测评主持。这就是那天我出门想做的事情。好像过了很久了。啊,我终于到了。"

他凝视着酒杯,沉默了。

"感受如何?"

"差别不大。"

丽塔撕开装火柴的盒子,将纸屑投进金属蜡烛的焰火中,"你不满意,对吗?"

"我不满意,要多不满意有多不满意。"

"为什么?"她轻声问道。

"我其实什么都没做。我以为只是财团腐败,但威克曼是对的。不是财团——是整个社会的原因。恶臭无处不在。离开财团系统对我,或是对别人并没有帮助。"他气愤地推开酒杯,"我只需要捏住鼻子,假装闻不到就行。但这不够。必须要做点儿什么。必须推翻整个表面光鲜、内里腐朽的社会。社会已经腐

烂、腐败了……它摇摇欲坠。但需要有东西能代替它;需要建立
一些东西。光是推翻它是不够的。我得帮忙建立新的社会。对
世人来说,这个社会必须是完全不同于往日的。我想做一些真
正改变社会的事。我必须那么做。"

"也许你可以。"

本特利坐在那里,展望未来,"怎么做? 机会从哪儿来? 我
还是个仆役。我依然被誓言束缚着。"

"你还年轻,我们都很年轻。我们还有很多年的时间,可以
运筹帷幄,建功立业。"丽塔举起玻璃杯,"我们有一生的时间来
改变宇宙的进程。"

本特利笑了。"行。就为这,我喝一杯。"他举起手中的玻璃
杯,碰了碰她的杯子,发出清脆的响声,"但不会喝太多。"他的笑
容逐渐消失,"韦里克还在四处闲晃。我要等他走了再喝。"

丽塔终于向白色烛焰投完了碎屑,"如果当时他杀了你会怎
样?"

"他们会向他开枪的。"

"如果他杀了我叔叔呢?"

"他们会拿走他的权力卡。他将永远没法成为测评主持。"

"他无论如何都当不上测评主持。"丽塔静静地说。

"你在想什么?"本特利站起来,"你到底在想什么呢?"

"我不信他愿意空手而归。到了这一步,他已经无路可退了。"她抬头瞥了他一眼,瞳孔漆黑,神情严肃,"泰德,还没有结束。他必须杀个人。"

本特利正准备回答。就在这时,一个苗条的影子出现在桌子上。他一只手握住了口袋中冰冷的手枪,抬头看去。

"你好。"埃莉诺·史蒂文斯说,"介意我一起吗?"

她安静地坐在他们面前,双手冷静地交叠在面前,嘴角带着机械的、仿佛凝固的微笑。她眨巴着绿眼睛,先看了看本特利,又看了看丽塔。在酒吧昏暗的环境中,她的头发透出深红色的光,凌乱地搭在裸露的脖颈和肩膀上。

"你是谁?"丽塔问。

那双绿眼睛眼波流转,埃莉诺俯身探向蜡烛,点上烟,"只是有个名字罢了。不是个货真价实的人,是不是,泰德?"

"你最好离开这里。"本特利说,"我不认为韦里克希望你和我们在一起。"

"我来这儿以后就没见过韦里克,只远远地看到过几次。也许我也会离开他。我或许可以不告而别,其他人好像都在这么干。"

"小心点儿。"本特利说。

"小心点儿? 小心什么?"埃莉诺对着本特利和丽塔吐出灰色

的烟雾,"我没忍住听了你刚刚的话。你是对的。"她盯着丽塔说道,声音尖细,语速飞快,"韦里克正在考虑。他想杀你,泰德。如果杀你不成,卡特赖特也行。他现在正在房间里犹豫。以前,他身边有摩尔,能把事情安排得井井有条,就像数学公式一样清晰。给杀死本特利赋任意值①:正50;在报复中被击中:负100。杀死卡特赖特:正40;而丢失权力卡:负50。两种情况,不管怎么算,他都输了。"

"没错。"本特利谨慎地说,"两种方法他都输了。"

"听着,这是第三种。"埃莉诺兴奋地说,"这是我自己想到的。"她高兴地朝丽塔点了点头,"我的意思是,是你想到的,但算式是我列出来的。杀死卡特赖特,里斯得正40。再这么想:卡特赖特被杀,卡特赖特得负100。这样就行了。对里斯来说是这样,接着到我自己了,我的没那么复杂。"

"我不明白你在说什么。"丽塔漠不关心地说。

"我明白。"本特利说,"小心!"

埃莉诺已经动了。她站起来,像一只安静的猫。她一把抓起铝制的蜡烛,将烛焰摇曳的金属管扔向丽塔的脸。

本特利挡开蜡烛。伴随着"咕咚"一声轻响,蜡烛从桌上滚

① 任意值,数学上的一种赋值方法。是出于个人或团体的意愿,给予的数值,而非具有科学根据的数据。

238

到地上,接着撞出一阵叮呤哐啷。埃莉诺悄无声息地绕过桌子走向丽塔·欧奈尔。丽塔无助地用手遮住眼睛。火焰烫伤了她的黑发和皮肤。烧焦的肉散发出刺鼻的气味,顿时充满了整个昏暗的酒吧。埃莉诺拉开了她的手。埃莉诺的手指间夹着个闪亮的东西,那是个锯齿状的丝巾扣。丝巾扣朝丽塔的眼睛疾飞过去。本特利猛地推开埃莉诺,她却紧抓住他不放,一阵抓挠,外加拳打脚踢。本特利好不容易才甩开她。埃莉诺那双绿眼睛透露出凶狠的目光,最终她转身离开,消失在房间的黑色阴影中。

本特利赶紧看向丽塔·欧奈尔。"我没事。"丽塔咬牙切齿地说,"谢谢,还好蜡烛灭了,她的丝巾扣也没刺中我。我们最好赶紧抓住她。"

周围的人上蹿下跳,四散奔跑。埃莉诺已经离开酒吧,来到外面的走廊。一名麦克米伦医疗机器人轮子转得飞快,从应急箱里赶过来。它进入酒吧,跳上桌子,迅速将闲杂人员赶开,包括本特利。

"去吧。"丽塔耐心地说,双手掩面,手肘靠在桌子上,"你知道她会去哪里,得试着阻止她。你知道他会对她做什么。"

本特利离开了酒吧。走廊空无一人。他跑向直升电梯。片刻之后,他就来到了度假村的地面。这里零星有几个人影。他瞥见走廊尽头有一抹绿色和红色晃过。他冲上前,转过弯,猛地停下来。

埃莉诺·史蒂文斯站在里斯·韦里克面前。"听我说,"她的声音因惊慌而尖厉,"你还不明白吗? 这是唯一的方法。里斯,求你看在老天的份儿上相信我,带我回去! 我错了。我不会再犯了。我离开了你,但是我不会再这样做。我把这点子带给你了,不是吗?"

韦里克看到了本特利。他微微一笑,伸出手,用铁一般坚硬的手指抓住埃莉诺的手腕,"我们一起回去,我们三个。"

"你搞错了。"本特利对他说,"她不是故意背叛你。她对你完全忠诚。"

"我不这么认为。"韦里克说,"她毫无用处,奸诈、幼稚,一无是处。"

"那就放她走吧。"

韦里克想了想。"不。"他最后说道,"我不会放她走的。"

"里斯!"女孩哭了,"我告诉了你他们说了什么,也告诉了你该怎么做,你怎么还不明白? 你现在可以行动了。是我创造了机会。带我回去! 求你了! 带我回去!"

"是。"韦里克承认,"我能做到。但是我已经想明白了。"

本特利快步走过来。但这一次,他不够快。

"泰德!"埃莉诺尖叫,"救我!"

韦里克把她拉起来,大跨三步走向了出入口。透明的保护层之外,月球死气沉沉的表面延展开。韦里克举起不断尖叫、拼命挣扎的女孩,猛地一扔,把她扔出了保护层。

韦里克离开出入口。本特利定住了。女孩跌跌撞撞地坠入了冰冷的岩石碎片中。她拼命地挥舞手臂,呼出的空气在嘴和鼻子上形成冻云。她想要站起来,身子转向保护层。她的脸已经扭曲了,眼睛鼓出来。在她苦苦哀求的某一瞬间,她看上去就像一只被踩烂的虫子,双手摸索着朝本特利抓来。

然后她的胸腔、身体爆裂了。本特利闭上眼睛,保护层外大量四分五裂的内脏碎片冲进了月球表面的真空中,有机物爆炸后迅速凝结成晶莹的水晶,画面令人作呕。结束了,那女孩死了。

本特利麻木地拔出手里的武器。人们在走廊上奔跑。警报声在楼里回荡。韦里克面无表情地站在一旁,一动不动。

谢弗拍了拍本特利握着枪的、僵硬的手,"没用的,她死了。她死了!"

本特利点了点头,"是,我知道。"

谢弗弯下腰拿走枪,"这个我来保管。"

"他会逍遥法外的。"本特利说。

"这是合法的。"谢弗说,"她没有评级。"

本特利走了。他恍恍惚惚地走向通往医务室的斜坡。那个死去女孩的身影，还有丽塔·欧奈尔烧焦的脸浮现在他的眼前，月球表面冰冷的死寂包围了他。他摔倒在斜坡上，又呆呆地站起来。

他身后响起脚步声和嘶哑而沉重的呼吸声。来的人太重了，斜坡都在颤抖。韦里克跟了过来。

"等一等，本特利。"他说，"我跟你一起走。我有个想法，想和卡特赖特讨论。我觉得他会对我提出的这笔商业交易很感兴趣。"

韦里克等着沃灵法官嘟嘟囔囔、笨手笨脚地坐上自己的椅子。在法官对面，卡特赖特正襟危坐，脸色苍白，还没从震惊中缓过来。

"你的侄女还好吗?"韦里克问道。

"她会没事的。"卡特赖特说，"幸好有本特利。"

"是啊。"韦里克赞同道，"我一直觉得本特利挺有本事。我知道，他会在紧要关头采取行动。埃莉诺想要毁掉她的脸吗?"

"他们可以通过修复手术治好她。她的眼睛没被伤到，受伤的部位主要是皮肤和头发。那女孩想毁掉的是她的眼睛。"

本特利忍不住一直盯着里斯·韦里克看。韦里克十分冷静，泰然自若。他的呼吸恢复了正常。虽然脸色仍旧难看、发灰,但双手已不再颤抖。他仿佛刚刚经历了一场激烈的性爱,在这场短促而疯狂的性爱中释放了自己的全部能量,现在正在慢慢地恢复。

"你想要什么?"卡特赖特问他,然后转向沃灵法官,"我不知道这么做是为了什么。"

"我也不知道。"沃灵法官附和道,"这是为了什么,里斯? 你有什么想法?"

"我找你来,"韦里克对他说,"是因为我想向卡特赖特提议。我希望你在场,并确认它合法。"他拿出那把巨型手枪,放在面前的桌上,"我们已经走入了死胡同。我相信大家都这么认为。里昂,你不能杀我。我不是刺客,杀我就是谋杀,你会承担责任。我是以客人的身份来的。"

"非常欢迎您的到来。"卡特赖特依然紧盯韦里克,毫无感情地说道。

"我来这里是为了杀本特利,但我杀不了。现在情况胶着,各方僵持不下。你不能杀我,我杀不了本特利,也杀不了你。"

大家陷入了沉默。

"我可以吗?"韦里克检查着手枪,若有所思地说,"我或许真的会。"

沃灵法官满脸厌恶地开口说:"那样的话,你一生都无法参与M博弈游戏。太傻了。这么做能得到什么?"

"快乐。满足。"

"丢失P卡也会让你满意?"沃灵法官问道。

"不会。"韦里克承认,"但是我手握三大财团,不会有什么影响。"

卡特赖特没有掺和。听着韦里克条分缕析的陈述,他轻轻地点了点头,"至少你是活着离开测评主持岗位的。你比我能干多了,不是吗?"

"没错。"韦里克赞同道,"我不会再成为测评主持,可你也做不成。他们必须再次转动瓶子。"

谢弗走进房间。他瞥了一眼沃灵法官,坐了下来。"里昂,"他对卡特赖特说,"他在虚张声势。在他杀那女孩之前,女孩就把想法告诉他了。他没想杀你,就是吓唬吓唬你——"谢弗冷酷的眼睛中有光芒闪烁着,"有趣。"

"我知道。"卡特赖特说,"他会让我选:死亡或是听从安排。什么安排,里斯?"

韦里克的手探进口袋,拿出权力卡。"交换。"他说,"把你的卡给我。"

"那样你就成了测评主持。"卡特赖特说。

"而你就不用死了。你能活着离开这里。而我,则会以测评主持的身份离开。僵局就被打破了。"

"而且你还会拥有本特利。"卡特赖特说。

"没错。"韦里克回答。

卡特赖特转向谢弗,"如果我拒绝,他会杀了我吗?"

谢弗沉默了很久。"是的。"他最后开口说道,"他会杀了你。要么杀了你,要么带回本特利,不然他不会走的。如果你拒绝交易,他会开枪打死你,然后放弃自己的权力卡。如果你同意,他能再次得回本特利。不管怎么样,他都能得到你们中的一个。他知道自己没法两个都要。"

"他更喜欢哪一个?"卡特赖特饶有兴致地问。

"他更愿意拥有本特利。他尊敬你,甚至到了崇拜的地步。而且他必须再次控制本特利。"

卡特赖特翻了翻自己的口袋,找出那包包得整整齐齐的权力卡。他动作缓慢,开始挑选卡片。"这么做合法吗?"他问沃灵法官。

"可以交易。"沃灵粗鲁地说,"人们总是买卖卡片。"

本特利作势起身。他比画着,绝望地说:"卡特赖特,你真的——"

"坐下来,不准动。"沃灵法官犀利地捕捉到他的动作,"你没有发言权。"

卡特赖特找到了那张卡,和他其他的身份文件比对一番,最后把卡放在桌上。

"这是我的。"

"你愿意交易?"韦里克问道。

"没错。"

"你明白这意味着什么吗？你将合法地放弃你的地位。放弃卡片意味着放弃一切。"

"我知道。"卡特赖特说,"我了解法律。"

韦里克转身面对本特利。他们两人对视了一会儿,都没有说话。然后韦里克哼了一声。"一言为定。"他说。

"等等,"本特利粗声说道,"看在上帝的分上,卡特赖特,你不能——"他徒劳地挣扎着,"你知道他会对我做什么,不是吗?"

卡特赖特没理他。他正在把那一小袋P卡装回大衣口袋。"来吧。"他温和地对韦里克说,"我们赶紧结束,我才好下去看看丽塔。"

"好的。"韦里克伸手拿起卡特赖特的卡,"现在我是测评主持了。"

卡特赖特从口袋里掏出手枪来。他用那把小小的、老旧的手枪直接打中了里斯·韦里克的心脏。韦里克脸朝桌子,向前摔去,手里还握着那张权力卡。他双目圆睁,惊讶地张大了嘴巴。

"合法吗?"卡特赖特问老法官。

"合法。"沃灵赞赏地承认道,"绝对合法。"他又郑重地点点头,"当然了。你失去了手上的那袋卡片。"

"我知道。"卡特赖特说,他把卡片扔给法官,"我喜欢在度假村的日子。这是我第一次来这种现代化的休闲度假地。我想晒晒日光浴,好好享受。我是个老头了。我太累了。"

本特利蹲下去,说道:"他死了,结束了。"

"哦,是的。"卡特赖特同意,"完全结束了。"他站起来,"现在我们可以下楼去看丽塔了。"

17

　　本特利和卡特赖特走进医务室,见丽塔·欧奈尔站在那儿。"我没事。"她的声音嘶哑,"发生了什么?"

　　"韦里克死了。"本特利说。

　　"是的。我们搞定了。"卡特赖特补充说。他走到侄女身边,女孩脸上缠着有白色透明光环的绷带。他在绷带上亲了一下,"你掉了些头发。"

　　"会长回来的。"丽塔说,"他真的死了吗?"她坐在闪闪发光的医疗台上,浑身颤抖,"你杀了他,然后活着出来了?"

　　卡特赖特说:"我完完整整地出来了,只是没了权力卡。"他解释了发生的事情。

　　"现在没有测评主持了。瓶子必须再次转动。得花一天或两天的时间来调试机器。"他苦笑起来,"我应该知道确切时间的,我花了好多时间研究这玩意儿呢。"

"难以置信。"丽塔说,"总感觉里斯·韦里克这样的人会一直活着。"

"但这样的事确实发生了。"卡特赖特掏了掏口袋,摸出一本折了角的笔记本。他打开本子,打了个勾,再合上本子,"还剩赫伯特·摩尔。我们不能忘了他。飞船尚未降落。'佩里格'还在某个位于火焰碟星方圆几十万英里的地方。"他犹豫了一下,然后继续说,"实际上,伊普维克的监视员汇报说摩尔已经抵达普雷斯顿的飞船,而且已经登船了。"

一阵不安的沉默。

"他能摧毁我们的飞船吗?"丽塔问。

"轻而易举。"本特利说,"他甚至能同时毁掉碟星的一大部分。"

"说不定约翰·普雷斯顿会对他下手。"丽塔希望如此,但她的声音并不坚定。

"事情会如何发展,下一任测评主持更有发言权。"本特利指出,"得有个政府工作人员去和摩尔周旋。他的身体正不断恶化。我们应该能找到方法毁灭他。"

"他找到普雷斯顿后就不行了。"卡特赖特郁闷地说。

"我认为我们应该联系下一任测评主持。"本特利坚持说,"摩尔可能会威胁整个星系。"

"易如反掌。"

"你觉得下一任测评主持会同意吗?"

"我觉得会。"卡特赖特说,"因为你就是下一任测评主持。前提是,你还保有我给你的那张权力卡。"

本特利还有那张卡。他满心怀疑,拿出卡片检查了一番。卡从他颤抖的指尖滑落。他猛地抓住卡片,小心翼翼地擦干净。"你指望我相信这个?"

"不。不过再过二十四小时,你就会信。"

本特利把卡翻过来,认真研究了卡片的每一部分。这张P卡看上去和其他卡一样;形状、大小、颜色和质地都一样。"你到底在哪儿弄到的?"

"这卡原来的主人看了看市场价,觉得五美元卖我挺划算。我忘了他的名字。"

"你一直带着吗?"

"那一袋卡片我都带着。"卡特赖特回答,"这张卡我亏了点儿钱卖给你。当时我想确保你会接受它。我还想确保这是合法的交易。不是租借,而是正常地出售。是那种再普通不过的交易。"

"给我一点儿时间来适应。"本特利终于将P卡放回了口袋,

"这真的不算作弊吗?"

"不算。"卡特赖特说,"别搞丢了。"

"你早就找出了预测的方法——那个大家都在找的东西。这就是你成为测评主持的原因。"

"不。"卡特赖特回答,"跟大家比起来,我对瓶子会怎么转动的预测并没有准确到哪儿去。我没有公式。"

"但是你有这张卡!你知道会出来什么!"

卡特赖特坦白说:"我做的只是篡改了瓶子的转动机制。我一生中,去了日内瓦上千次。我让瓶子的转动发生了偏差。我没法预测它会转出什么,所以只好做了对我来说最好的安排。我把自己买到的权力卡的号码都设置进去了,它们会出现在后面的九次转动里。你仔细想想,我本该拿着自己的权力卡成为测评主持,而不是一张买来的卡。我原本能想出更好的法子。如果有人好好分析,能找到我的破绽。"

"你什么时候开始研究这个的?"本特利问道。

"开始时我还年轻呢。和其他人一样,我想找一个能帮我预测转动结果的傻瓜系统。我研究了所有关于瓶子构造、海森堡原理、随机性、预测方法、因果论相关的论文。我以一个普通电子设备维修人员的身份开始做研究。快四十岁的时候,我在日内瓦负责瓶子的相关工作。工作内容已经深入到了基本控制原理。那时我就意识到,我没法预测它。没人能做到。不确定原则是公平的。瓶子转动是基于亚原子粒子的运动,而这超出了人类的计算能力。”

“这道德吗?”本特利问道,“这算是犯规,不是吗?”

“博弈游戏,我玩了很多年了。”卡特赖特说,“大多数人一辈子都在玩这个游戏。后来,我意识到这个游戏的规则就是:我赢不了。谁想玩这种游戏? 我们在跟庄家赌,而庄家总是赢。”

“这倒是真的。”本特利同意。过了一会儿,他说,“玩儿这种庄家出千的游戏没有意义。所以你的答案是什么? 你发现这些规则就是为了让你无法获胜后,你做了什么?”

“你会和我做一样的事:制定新规则,按新规则来玩儿。在这个规则下,所有玩家享有同样的胜率。M博弈游戏中没有这样的胜率。M博弈游戏以及整个评级系统都是在跟我们作对。所以我对自己说,制定什么样的规则更好呢? 我坐下来,想出了办法。从那时起,我就按照自己的规则玩儿,仿佛这些规则已经在运行。”他补充说,“我加入了普雷斯顿社会组织。”

“为什么?”

“因为普雷斯顿也看透了规则。他想要的,也是我想要的。一个人人享有获胜机会的游戏。并不是说我希望在游戏最后,每个人都拥有同样的底池①。我不希望所有人平分胜利,但认为每个人都应该有机会赢得游戏。"

"所以那时他们还没来人,你就知道自己是测评主持了。"

"几个星期前我就知道了。上一次我被叫去修理瓶子时,我给瓶子设置了偏差。每次我去修理机器,都会设置偏差。偏差越来越大,最后一次,我完全掌控了结果。那一刻,它已经不是随机的了。在此之前,我蛰伏了好多年⋯⋯但现在没有必要了。蛰伏期间,我没让任何人有修理瓶子的机会。"

"你现在打算怎么做?"本特利问道,"你没法再掌权了。"

"我说过了。我要退休。丽塔和我一直在工作,从没有足够的时间享受自己的生活。余下的日子,我要去一个像这里一样的现代化休闲度假胜地,晒日光浴。我期待过睡觉、发呆、印传单的日子。"

"什么传单?"

"关于电子设备的维护和保养。"卡特赖特说,"那是我的专长。"

丽塔说:"泰德,你大概有二十四个小时。之后,你就是测评主持了。你会处在我叔叔前几大所处的位置上。你会等着他们来通知你。听到他们降落在屋顶。那可真是人生的重大时刻。

---

① 赌博术语,最后的输赢情况。

接着谢弗少校会夹着公文包走进来。"

"谢弗知道。"卡特赖特说,"在把卡给你之前,我和他一起做的安排。"

"那军团会尊重转出的结果吗?"

"军团会尊重你。"卡特赖平静地回答,"这将是一番大事业,会接连不断地有事发生。群星像玫瑰一样绽放,而远处天外的碟星会成为中心……整个星系都会改变。"

"你觉得你能搞定吗?"丽塔问本特利。

"我觉得可以。"本特利若有所思地说,"我想去能有所作为的地方,于是我到了这里。"突然他笑了起来,"我可能是第一个起誓效忠自己的人。我既是保护人,同时又是仆役。我掌握自己的生杀大权。"

"也许是的。"卡特赖特被他打动了,"或许情况会一直如此。我觉着这种誓言挺不错的。你对自己的安全和工作负责。你遵从自己的良心,而非他人的命令。是这个意思吧?"

谢弗少校急急忙忙地跑进房间,"根据历史资料,你是对的。我得到一些消息。伊普维克的监视员带来了关于摩尔的最终报告。"

所有人都反应了一会儿,卡特赖特才回道:"最终?"

"伊普维克的人一直跟踪着合成体,直到他进入普雷斯顿的飞船;这你是知道的。身体进入飞船后,和普雷斯顿交谈过。然后他就开始调查维持普雷斯顿生命的整个系统。就在这时,图像信号被切断了。"

"切断?为什么?"

"据维修技术人员说,合成体自爆了。摩尔、飞船、约翰·普雷斯顿和他的机器都被炸成了灰。星际天文学家已经直接看到了视觉图像。"

"是不是某种磁场触发了爆炸?"本特利问道,"他妈的,这情况太严重了。"

"伊普维克上的画面显示摩尔故意打开了合成体的胸腔,并缩短了炸弹引线。"谢弗耸耸肩,"其中的原因肯定很有趣。我想我们最好派一队工作人员去看看到底发生了什么。搞不清楚整个事情,我觉都睡不踏实。"

"我同意。"本特利有同感。

卡特赖特拿出他的黑色笔记本。他那张布满皱纹和岁月的斑驳痕迹的脸上露出困惑的表情,他勾掉最后一个条目,把本子放回了口袋。"呃,就这么办吧。不过收集残灰的事情我们后面再说。现在我们必须考虑其他的事情。"他看了看那只沉重的怀表,"飞船马上就要降落了。如果一切顺利,格罗夫斯现在应该已经降落在火焰碟星上了。"

碟星很大。为了抵抗越来越强的重力,喷气式飞船的刹车发出尖厉的声音。金属油漆剥落,碎片飘浮在格罗夫斯周围。一个指示器被砸碎了,一条船体内部馈电线①断裂了。

"船要毁了。"康克林咬着牙说。

格罗夫斯伸出手,拧下了头顶的灯。控制舱陷入黑暗。

"什么情况?"康克林开口道。然后,他看到了。

屏幕上透出柔和的光。格罗夫斯、康克林和控制机器前,是散发着晶莹光泽的苍白而冷冽的火焰。没有星星,也看不见黑色的虚无太空:星球广阔无垠的地表静默地占满了整个屏幕。脚下就是火焰碟星。漫长的飞行终于结束了。

"让人毛骨悚然。"康克林喃喃道。

"那就是普雷斯顿当初看到的景象。"

"这是什么? 某种藻类?"

"藻类不可能这么怪异,可能是放射性矿物。"

"普雷斯顿在哪里?"康克林问道,"我以为他的船会一直指引我们。"

---

① 馈电线中的"馈"字就是"送"的意思,因此,"馈电线"可以理解为"送电的线"或"供电线"。其主要用途有两个:一、传输提供电能;二、传送电信号。

格罗夫犹豫了,然后不情愿地回答:"大概三小时前,我的仪表盘发现了热核爆炸,距我们大概有一万英里。爆炸以后,普雷斯顿的飞船便再没有出现在重力指示器上。当然,我们离碟星这么近,质量那么小的东西可能不会——"

杰雷迪匆忙进入控制舱。他看到了屏幕,愣住了,"我的老天,就是这儿!"

"这就是我们的新家。"康克林说,"挺大的,不是吗?"

"这搞笑的亮光是怎么回事儿?把这儿搞得跟降神会似的。你确定那是个星球吗?说不定它其实就是个太空蟒蛇。我可不想生活在太空蛇周围,不管它有多大。"

康克林离开控制舱,沿着还在震动、发出轰隆声的走廊跑了下去。他顺着坡道下去,仿佛身后就跟着那道安静的绿色光芒。他来到自己的舱门前的空地。他停下来,站着倾听。

货舱里,人们正在打包所剩无几的物资。锅碗瓢盆、床上用品、食物、衣物被收起来放在一起。制动式喷气飞船发出嘈杂的声音,但比不过人们低沉而兴奋的议论声。喷气机的司炉加德纳开始发放道兹抗压套装和头盔。

康克林推开舱门走进来。

玛丽迅速瞥了他一眼,"我们到了吗?"

"还没。准备好走出去迎接我们的新世界了吗?"

玛丽指了指一堆财物，"我在打包。"

康克林笑了起来，"不光是你，其他人也在打包。不过，把这些东西放回原处吧。在星球表面的穹顶建好以前，我们都会住在这儿。"

"哦。"玛丽尴尬地说，她把东西放回抽屉、橱柜和储物柜，"我们难道是要建立某种殖民地吗？"

"是啊，当然是。"康克林敲了一下他肩膀上方的舱壁，"这不就是吗？"玛丽抱着一堆衣服在屋子里转。

"比尔，未来会很美好，对吧？我的意思是，最开始会很难，但后面肯定不会太糟糕。我们大部分时间会住在地下，就和在天王星和海王星上的人一样。真好，对吗？"

"我们会过得很好的。"康克林轻轻地接过她怀里的衣服，"我们去货舱吧，领两套道兹服。加德纳正在发呢。"

珍妮特·西布利向他们打招呼。她很紧张，抑制不住兴奋的心情。"我穿不进我的道兹服。"她喘着气，"衣服太小了！"

康克林帮她搞定沉重的衣服。"千万记住，外出的时候，多加小心，不要摔倒。这些都是老式太空服。坚硬的石头能刺穿衣服，不出一秒，你就会死。"

"谁会第一个走出去？"玛丽慢慢地拉起她那件笨重的衣服的拉链，"格罗夫斯船长？"

"最接近舱门的那个人,谁都有可能。"

"说不定就是我。"杰雷迪说着走进货舱,拿起一套道兹服,"说不定,我会成为第一个踏上火焰碟星的人。"

着陆警报器尖叫起来,他们正一边忙着系紧衣服,一边三五成群兴奋地聊着天。"抓稳!"康克林大吼道,声音盖过了杂音,"找个地方抓稳。穿好衣服。"

飞船发出轰鸣,船舱里的人像枯树叶一样被甩来甩去。船体撞上地面,剧烈地抖动,物资被扔得到处都是。飞船摇摇晃晃地冲向星球布满坚冰的表面,制动式喷气飞船发出嘶鸣,努力减速。闪烁的灯光渐渐消失在黑暗中,喷气式飞船雷鸣般的声音震耳欲聋,金属摩擦岩石的声响无比刺耳,四散各处的乘客陷入瘫痪。

康克林被甩到床铺上。锅碗瓢盆砸在他身上。昏暗中,他奋力直起身子,终于他的手指触碰到了周围的船体。"玛丽!"他喊道,"你在哪?"

在附近的黑暗中,他感觉到她在动。"我在这里。"她虚弱地回答,"我觉得我的头盔破了,在漏气。"

康克林抓住她,"你没事。"船还在移动,地狱般可怕的响动和金属摩擦声越来越弱,终于不情不愿地停止了。灯光又开始闪烁,不过片刻之后再度消失。不知道哪里传来缓慢而不绝的滴水声。走廊中,储物柜中着火了,点着了成堆的物资。

"把火扑灭。"格罗夫斯命令道。

杰雷迪拎着灭火器摇摇晃晃地走进来。"我想大概是到了吧。"他扑灭火时说道,声音颤颤巍巍。他颤抖的声音通过头盔内的耳机传给了其他人。

有人打开手电筒。"船体应该撑过来了。"康克林说,"我没有听到严重泄漏的声音。"

"我们出去吧。"玛丽激动地说,"让我们去看看。"

格罗夫斯站在舱门边。他一动不动地等着,直到所有人聚拢在他身边,才开始徒手开启沉重的舱门锁。"电力已经断了。"他解释说,"某个地方的线路断了。"

舱门滑开。空气呼啸着涌出。格罗夫斯向前移动,他突然沉默,眼睛睁大。其他人挤在他身后的斜坡上。他们一时惊慌失措,犹豫不决。终于,他们一起慢慢往下走。

玛丽刚走到一半就绊了一下,杰雷迪停下扶她。一位日本配镜师傅首先触到了地面。他敏捷地滑下斜坡,跌落在冰冻的岩石上。在隆起的头盔下,是他兴奋和激动的脸。他咧开嘴,向他们挥手。

"一切正常。"他喊道,"视线范围内没有怪物。"

玛丽退了一步。"瞧,"她低声说,"它在发光。"

整个星球散发着的绿光,只有这一种颜色的光。不管他们看向哪里,岩石、地面上都是一片朦胧而稳定的有色光,光线柔和似失焦。在昏暗的绿色磷光中,所有人,无论男女,都仿佛是奇怪的不透明物体。像是一堆金属和塑料制的黑色柱子,笨拙地走下飞船,犹豫不决。

"它一直在这里。"杰雷迪惊叹地说,"但没人看到过它。"他踢了踢冰冻的岩石,"我们是第一批踏上这颗星球的人。"

"也许不是。"格罗夫斯若有所思地说,"降落的时候,我看到了一些东西。在不撞到它的前提下,我尽可能地靠近它。"他取下了重型肩扛武器,"普雷斯顿认为碟星可能是从另一个星系流浪来的。"

前方平坦的地表上,有某种结构,像是建筑物。这是一个暗淡的金属球体,没有任何特征或装饰。人们惶恐地接近球体时,绿色的冻结气体结晶体飘荡起来,被吹到他们身边。

"我们到底怎么进去?"康克林问道。

格罗夫斯举起他的武器。"我没看到别的路。"他们通过耳机听到他的声音。他压着扳机,枪口慢慢地打着圈,"这种材料看起来像不锈钢。这东西可能是人造的。"

格罗夫斯割出了一个滚烫的湿漉漉的口子,他和康克林爬了进去。他们爬到球体内的地面,这时,一阵沉闷的律动声传到他

261

们的耳朵里。他们正处在一个充斥着机械嗡嗡声的单间里。他们站在那儿瞪着眼睛四处看,空气从他们身旁呼啸而过。

"把那儿堵住。"格罗夫斯说。

之前被武器割出的口子在漏水。他们一起想办法在上面打了个补丁堵住了。随后,他们转身去检查机器和布线发出的嗡嗡声。

"欢迎。"一个饱经风霜的沙哑声音温和地说。

他们迅速转身,举起武器。

"别怕。"老人继续说,"我也是人类,和你们一样。"

康克林和格罗夫斯似乎在金属地板上生根了。"我去,"格罗夫斯粗声说道,"我以为——"

"我,"老人说,"是约翰·普雷斯顿。"

康克林背脊一阵战栗。他的牙齿也开始打战,"你说他的飞船被摧毁了。可看看他,他一定一百万岁了。他就在那溶液里。"

普雷斯顿似乎非常赞同他的说法,薄薄的嘴唇动了动,机械扬声器再次响起,声音低沉沙哑。"我很老了。"普雷斯顿说,"我几乎完全听不见,人也瘫痪了。"接着他微微一笑,"我有关节炎,这你们可能知道。在来这儿的一路上,我把眼镜也搞丢了。所以我看不太清你们的样子。"

"这是您的飞船?"康克林问道,"在我们之前,您就降落了?"

这个古老的头颅在支撑架内点了点头。

"他在看我们。"格罗夫斯说,"太可怕了。这违背自然规律。"

"您在这里多久了?"康克林问这个漂浮在营养池里的枯萎生物。

"你得原谅我。"普雷斯顿回答,"不能和你握手。"

康克林眨了眨眼,不自在地说:"我觉得他没听到我的话。"

"我们代表普雷斯顿社团。"格罗夫斯笨拙地说,"我们一直在跟踪您的成果。您是不是——"

"我等很久了。"老人打断了他,"这些年很辛苦,度日如年。"

"不太对劲!"康克林惊恐地大喊起来,"他有问题!"

"他只是又聋又瞎。"

康科林走向了那一排机器,"这不是飞船。是别的,类似飞船,但不是飞船。我猜——"

"我想告诉你关于火焰碟星的事情。"约翰·普雷斯顿沙哑严厉的声音打断了他,"这才是我的兴趣所在。这是我觉得重要的东西。"

"我们也这么认为。"格罗夫斯困惑地说。

康克林偏执地研究起球体光滑的内表面。"这里没有驱动喷气机！它哪里都去不了！这个东西有反重力屏障,类似浮标。"
他跳下机器,"格罗夫斯,这是一个航标。我有点儿明白了。"

"你一定要听我说。"普雷斯顿说,"我必须告诉你们碟星的
事。"

"肯定还有很多这样的航标。"康克林说,"这个应该是飘到
附近,被巨大的引力拉到这颗星球上的。肯定还有好几千个完
全相同的航标。"

格罗夫斯慢慢地也反应了过来,"我们联系上的是一系列航
标,而不是飞船。每一个航标指引我们去到下一个航标。我们
一路跟着航标,一步步来到了这里。"

"想做什么就做吧。"那个沙哑的、喋喋不休的声音再度响
起,"但是听听我要说的话。"

"闭嘴!"康克林喊道。

"我必须留在这里。"普雷斯顿费力地慢慢说道,字斟句酌,
"我不敢离开。如果我——"

"普雷斯顿,"康克林狂叫道,"2+2等于几?"

"我对你一无所知。"毫无感情的低语声继续。

"重复我的话!"康克林喊道,"玛丽有只小羊羔,它的毛白得
像雪一样!"

"够了!"格罗夫斯濒临疯狂,咆哮道,"你疯了吗?"

"我研究了很久。"普雷斯顿那单调乏味的声音低声说道，"但它什么也没带给我。什么都没有。"

康克林很是失落。他回到他们割出的口子那儿，"它不是活的。那也不是营养池。那是一种挥发性的物质。视频画面可以投射在上面。视频和音频同步，制造出'他还活着'的假象。他已经死了一百五十年了。"

在一片寂静中，只有普雷斯顿那沙哑的低吟还在继续，一直讲，一直讲。

康克林撕下了补丁，吃力地从球体爬出来。"来吧。"他告诉其他人，"进来吧。"

"我们在耳机里听到了你们说的。"杰雷迪一边费力爬进球体，一边说，"这是怎么回事？玛丽有只小羊羔是什么鬼？"

然后，他看到了约翰·普雷斯顿的复制品，他不再说话了。其他人也兴奋不已，跟在他身后，气喘吁吁地爬了进来。看到那位老人，他们一个接一个都停了下来。他那微弱而沙哑的话音通过球体内稀薄的空气传给了大家。

"把口子封住吧。"等最后一名配镜师傅进来后，格罗夫斯下令说。

"这是不是——"玛丽很疑惑，"可他为什么那样说话？就像……在背书。"

康克林把他那硬邦邦的压力手套放在女孩的肩上，"这只是一个影像。他留下了好几百个、可能好几千个这样的东西。以这里为中心，在宇宙里四处散落着。这些东西会吸引船只，指引他们来到火焰碟星。"

"那他死了！"

"他很久以前就死了。"康克林说，"你仔细看看他，就能知道，他死的时候已经很老了。他找到碟星后，可能没过几年就死了。他知道，总有一天会有飞船飞向这里。他希望至少能引领其中的一艘来到他的世界。"

"我猜，他没想到会有社团。"玛丽伤心地说，"真的会有人在寻找碟星。"

"是的。"康克林同意道，"但他知道会有飞船飞来。"

"这一切有点儿……令人失望。"

"不，"格罗夫斯纠正道，"我不这么认为。不要为此感到难过。死掉的只是约翰·普雷斯顿的肉体，但那部分并不重要。"

"我也这么觉得。"玛丽又燃起希望，"这也很好。从某个角度上说，这是一个奇迹。"

"别说话，好好听。"康克林轻声说。

他们全都安静下来，侧耳倾听。

那个干瘪的老人望着这群人，虽然他其实看不见、也听不见他们，对他们的存在一无所知。他是对着更遥远的听众和观者在讲述。他说："驱动人类的力量并不是盲目的。让我们不得安顿、永不知足的，并非野蛮的本能。我会告诉你它是什么：那是人类的终极追求——渴求成长和进步……渴求寻找新鲜事物……渴求开拓。人类需要开疆拓土，踏足不同地域，体验新鲜事物；也需要领悟变化，在更迭中求得生存。人类必须摒弃常规和重复，摆脱千篇一律，勇猛精进。人类将不断前进……"